KB138351

기억을 담은 향수

기 억을 담은 향수

초판 1쇄 인쇄_ 2021년 02월 10일 | **초판 1쇄 발행_** 2021년 02월 15일
지은이_꿈뜨락애 | **엮은이_**박이레 | **펴낸이_**진성옥 외 1인 | **펴낸곳_**꿈과희망
디자인·편집_윤영화
주소_서울시 용산구 한강대로 76길 11−12 5층 501호
전화_02)2681−2832 | **팩스_**02)943−0935 | **출판등록_**제2016−000036호
E−mail_ jinsungok@empas.com
ISBN_979−11−6186−131−9 43810

기억을 담은
향수

꿈뜨락애 지음 박이레 엮음

꿈과희망

꿈뜨락에서 꿈을 보다

이 나이의 사람들은 자신에게 또는 다른 이에게 더러 묻습니다, 만일 다시 사는 삶이 허용된다면 어느 시절로 돌아가고 싶은가, 하고.

어느 시절로 돌아가고 싶은가, 나는?

대답 속엔 늘 나의 유년이 있는데, 양조장이 있고 과수원이 있던 그때랍니다. 동생들과 사과나무에 오르내리고 술이 익어가던 발효실에 몰래 들어가 숨바꼭질한 그때, 내 인생에서 먹고 노는 일에만 열중해도 되던, 그러니까 아무 근심도 욕심도 사랑도 질투도 없던 그때, 눈만 뜨면 나가서 놀다가 해거름에 집에 돌아가도 사는 일에 아무 지장을 받지 않았던 그 시절이랍니다.

그런데 그날, 태평양을 건너고 북미대륙을 가로지르던 비행기 속에서 〈꿈뜨락애〉의 작품들을 펼쳤을 때 아, 그 속에서 나는 소설인지 수필인지 장르조차도 모호하던 짧은 몇 문장 앞에서 나름 진지했던 그 나이의 김외숙을 보았답니다. 그것은 비록 근심도 욕심도 그리고 첫사랑과 질투도 없지 않았던 시간의 기억들이었지만 만일 누군가가 다시 내게 묻는다면 '내게도 그때가 있었어요, 돌아가 보고 싶어요'라고 말하고 싶던, 눈물 핑 돌게 하던, 그리움이었습니다.

그 그리움의 때를 이제야 깨달은 이유는, 이미 꿈이 실현되었음에도 내 무의식은 여전히 미숙했던 때의 기억을 깊이 감춰두고 싶었기 때문이 아닐까 생각해 봅니다.

여섯 명 학생들의 작품을 통해 나는 보았습니다, 소설을 통해 무엇을 말해야 하는지를, 어떻게 이야기를 끌어가야 하고 어떻게 독자의 마음을 사로잡을 읽는 재미를 부여하는가를 아는 작가적 소질을. 같은 나이에, 손바닥만하던 글 안고 씨름한 경험을 둔 나는 여섯 꿈뜨락애 학생들의 창작 능력에 그래서 감탄하지 않을 수 없었답니다.

한 가지, 먼저 이 길을 걸어오고 있는 선배로서 하고 싶은 말이 있습니다. 늘 작가의 시선, 즉 관심과 애정으로 세상을 바라보자는 것입니다. 관심과 애정으로 사물이나 사실을 바라보는 사람들에게는 이 세상과 우주에 산재한 모든 것이 문학의 소재가 될 수 있기 때문입니다.

작가에게 소재는 광산에 묻힌 원석입니다.

소재 자체가 작품이 될 수 없듯 원석 또한 보석은 아닙니다. 깎아내고 다듬어 불순물을 제거하는 장인의 지난한 수고로 보석이 될 수 있지요. 문학 작품 또한 그러합니다. 문장을 갈고 다듬는 작가의 끈기와 성실함, 그리고 좋은 문장을 알아보는 안목에 의해 좋은 작품은 빚어집니다. 안목은 좋은 작품들을 많이 대할 때 비롯될 수 있습니다.

"기억을 담은 향수" 발간을 축하합니다.

그리고 지도 선생님과 여섯 명의 예비 작가님들, 참으로 수고하셨습니다.

이 작품들이 작가를 꿈꾸는 학생들뿐 아니라 다른 길을 가려는 학생들에게 꿈에의 도전, 품고 있을 각자의 재능 발굴을 위한 구체적인 계기가 되면 좋겠습니다.

다시 한번 "기억을 담은 향수" 발간을 축하하며

캐나다 Niagara On The Lake에서

소설가 김외숙(신명고 58회)

우리의 순간을 기억하다

작디작고 여리고 여린, 그리고 닮은 구석은 하나도 찾아볼 수 없는 6명의 친구가 2022년 꿈뜨락애 구성원으로 함께 모이고 첫발을 내디뎠습니다. 여러 가지 사정으로 동아리의 기존 구성원이 한 명도 남지 않고 새롭게 구성해야 하는 어려움 속에서도 우리는 흔들리지 않았습니다. 그렇다고 어려움이 없지는 않았습니다. 생각보다 글이 써지지 않았습니다. 아이디어가 매일매일 솟는 게 아니었습니다. 우리는 고등학생의 신분으로 시험도 피해 갈 수 없었습니다. 그렇게 인고의 시간을 가지고 네 번의 계절을 함께하고 나서야 우리는 이 책을 손에 쥘 수 있었습니다. 그러고 보니 우리는 작고 여리지만 포기하지 않은 끈기로 연필을 놓지 않고 결과를 만들어냈다는 공통점이 있습니다.

성별도, 학년도, 계열도, 꿈도 다른 우리가 하나의 이야기를 이끌어

독자들에게 '추억'을 전달하는 진심이 전해지길 바랍니다. 그리고 우리의 진심이 누군가에게 꿈이 되고 그 꿈이 이어져 밝은 세상, 괜찮은 사회가 되길 바라는 마음으로 글을 썼습니다. 가볍게 읽고 무겁게 생각하고 책임감 있게 행동해 우리 함께 좋은 세상을 위해 노력했으면 좋겠습니다. 향기를 통해 여러분을 추억의 세계로 초대합니다. 추억이 현재가 되고 미래가 되는 기적을 함께 경험해 보시길……. 늘 여러분의 앞길에 오늘이 기억되길 바랍니다.

신명고 꿈뜨락애
지도교사 박이레

당신에게 추억을 선물합니다

우리 모두 각자 그리워하는 순간들은 있기 마련입니다.

그냥 지나쳤던 순간을 그리워하고, 소중했던 누군가와의 추억을 그리워하고……. 저희는 그런 다양한 그리움들을 모아 총 여섯 개의 이야기를 준비했습니다. 이야기마다 대표하는 향이 있을 텐데 읽으시면서 여러분들은 어떤 향을 맡으면 가장 그리워하는 순간이 떠오르는지 한번 생각해 보시는 것도 좋을 것 같습니다.

기억속에만 존재하던 향을 찾아 그리웠던 순간을 떠올리게 되는 저희의 이야기는 계절의 흐름대로 배치했기 때문에 순서대로 읽으시면 시간의 변화를 더 잘 경험하실 수 있습니다. 그리고 각각의 계절마다 느낄 수 있는 분위기들을 살리려 노력했으니 부디 잘 느껴지셨으면 좋겠습니다.

벚꽃이 만개하는 봄에 만나 눈이 내리는 겨울까지 1년 동안 열심히 달려왔던 여정이 드디어 막을 내리는 순간입니다. 이 글을 쓰면서 성장한 부분이 느껴져 정말 뜻깊은 경험이었습니다. 힘든 순간도 있었지만 잘 버텨주었기에 이렇게 좋은 작품이 나온 것 같습니다. 이 책이 여러분의 추억을 떠올릴 수 있게 되길 바랍니다.

꿈뜨락애 동아리 부장 김도연

차
례

어스름한 새벽 아직은 해가 뜨지 않은 시간에 한 가게의 불이 켜진다.

짧은 머리에 깔끔하게 차려입은 사람이 나와 표지판을 가게 앞에 내려놓으며 말한다. "이번에는 어떤 사람들이 찾아오려나." 싱긋 웃으며 가게 문을 닫고 들어간 그 자리에는 딸랑거리는 종소리만이 남아 있다.

다른 사람보다 몇 시간 더 빨리 시작하는 하루는 가게 앞에 표지판을 세우는 것으로 시작된다. 밤 동안 식어 있던 가게 안을 따뜻하게 채우고 언제 찾아올지 모르는 손님들을 위해 커피 원두를 갈기 시작한다. 씁쓸한 커피의 향이 가게 안을 가득 채우기 시작하면 향수병에 쌓인 먼지들을 조심히 털어내고 비뚤어진 위치를 맞추고 난 후 손님을 기다린다.

가끔 가게에서 나는 커피 향 때문에 카페라고 착각하시는 손님들이 있는데 이곳의 이름은 '에센시아', 조그만 향수 가게이다. 조금 낡은 외관에 많은 사람이 찾아오지는 않지만, 향의 도움이 필요한 사람들은 꼭 찾아오는 편이었다. 가끔씩 필요한 사람들에게 직접 찾아가기도 했다.

그리고 나에게는 손님들이 설명한 향을 그대로 재현해낼 수 있는 특별한 재능이 하나 있다. 향이 기억 안 난다면 그 순간의 분위기를 설명해 주어도 충분히 만들 수 있었다. 이런 재능 덕분에 내 도움이 필요한 많은 사람을 도와줄 수 있었기에 지금 직업에 만족하고 있다. 특히 만족한 표정을 지으며 인사를 하는 사람들의 표정을 볼 때 가장 이 일을 하길 잘했다는 생각이 든다.

오늘도 어김없이 가게 문을 열고 다음 손님을 기다리며 책을 읽고 있다. 몇 시간이 흘러 드디어 '딸랑' 하는 소리가 손님을 맞이하고 있다.

"어서 오세요, 저는 이 가게의 주인 모코스입니다. 무슨 향을 찾으시는가요?"

첫 번째 향

★★★

나만이 바꾸는 인생의 길

2학년 윤성현

이상할 정도로 뜨거운 여름 오전 5시 34분, 강현은 주섬주섬 집에서 작업하던 서류들을 가방에 넣고 있었다.

　"아, 피곤해……."

　강현은 잠을 3시간밖에 자지 못했다. 물론 밤을 새운 적은 많았다. 하지만 그날따라 유독 더 피곤한 느낌이었다.

　거실로 터벅터벅 걸어가서는 곧장 화장실로 향한다.

　따뜻한 물을 틀고서는 아무 생각 없이 물을 맞으며 어제 밤새워 정리하던 서류들을 생각한다.

다 씻은 후에 드라이기로 머리를 대충 말리고 옷을 입는다. 옷을 고를 여유도 없이 항상 입던 옷을 입고 방에서 가방을 가지고서 밥 먹을 시간도 없이 급하게 중앙현관으로 빠른 걸음으로 걸어가서 가지런히 놓여 있는 구두를 신고 현관을 나선다. 그러고선 생각한다.

"아, 퇴사할까."

강현은 급하게 계단을 내려가고 있었다.

"또각또각 또각또각."

"강현 씨, 다 해왔어?"

손가락을 까딱까딱하며 강현을 부르는 한 사람, 김 과장이었다. 평소 김 과장은 다른 부서에서도 유명하다. '말만 많은 꼰대' 괜히 그가 이렇게 불리는 것이 아니다.

자기 부서의 직속 부하라면 누구라도 가릴 것 없이 자기 일을 대부분 맡기고 자기는 가만히 앉아서 핸드폰이나 보고 있다. 언제는 이런 일이 있었다.

김 과장이 강현에게 자기는 중요한 미팅이 있어서 자기 일을 조금만 맡아줄 수 있겠냐고 말하고 강현이 일을 다 끝내고 집으로 돌아가는 길의 술집에서 친구로 보이는 사람들과 술을 마시고 있다던가, 또 회사에 입사한 지 얼마 되지 않았을 때는 이렇게 일을 많이 해보는 것도 경험이라며 자기 일을 아무렇지 않게 전부 다 강현에게 넘긴다든지. 정말 보면 볼수록 비호감으로 보일 수밖에 없는 인간이었다.

"강현 씨, 다 해왔냐고."

"네, 다 해왔습니다."

급히 김 과장의 자리로 걸음을 뗐다.

김 과장에게 밤새 만든 서류를 넘겼다. 김 과장은 강현이 준 서류를 위아래로 훑어보더니 자기 손가락에 침을 바르며 다음 장으로 페이지를 넘겼다.

그렇게 페이지를 넘기다가 강현에게 말을 건넸다.

"강현 씨, 수고했어. 잘 적어왔네."

"네."

김 과장은 강현이 적어 온 서류를 가지고 그대로 박 부장님께 내가 적어온 서류를 가져갔다.

그러고는 아무렇지 않게 서류를 보여주며 일을 마무리하였다고 말하는데 강현은 이 상황을 여러 번 겪어보았지만 역시 적응은 어려울 것 같았다. 마음속으로 아주 크게 외쳤다.

"길 가다가 크게 넘어져서 회사 좀 안 나왔으면 좋겠다."

그렇게 화를 식히고 자리에 앉아 5분 정도의 머리 식힐 시간을 가진 뒤 바로 일을 시작했다.

"타닥 타닥 탁 타닥"

웬일인지 모르겠지만 오늘따라 손가락이 다른 날들보다 좀더 빠르게 움직였다.

그뿐만 아니라 머리도 맑아서 머리에서 생각하면 바로 손가락이 그 생각을 옮겨 적는 것이 오늘은 느낌이 좋다고 생각하였다.

그렇지만 그 생각도 그렇게 오래가지 못하였다.

불과 내 서류를 가져가서 몇 시간 채 되지 않아서 내 이름을 부르며 자리로 다가오는 김 과장.

"강현 씨, 일은 잘되어가요?"

애써 무시하고 싶었지만, 고개를 돌리며 최대한 웃는 표정으로 대답하였다.

"네, 한 절반 정도 끝냈습니다."

"이야, 강현 씨 일하는 속도만큼은 끝내주네, 그래서 말인데 혹시 이 일도 조금만 도와줄 수 있을까?"

이럴 줄 알았다. 오늘따라 일을 빠르게 끝낼 것 같아 느낌이 좋은 줄 알았지만 어림도 없었다.

표정이 구겨졌다. 하지만 김 과장은 눈치도 없는지 나를 빤히 쳐다보고 있었다.

"과장님, 제가 오늘은 못해 드릴 거 같습니다. 저도 오늘 나름대로 일이 남아 있는 상태라서요. 죄송합니다."

애써 웃으면서 김 과장에게 말을 하자 김 과장의 표정이 순간적으로 어두워졌다. 하지만 바로 표정을 다시 잡으며

"많이 바쁜가 보네. 알겠어. 혹시나 다 끝나면 말해 줘."

"네, 알겠습……."

김 과장은 대답을 다 듣기도 전에 자기 자리로 급히 돌아갔다. 나야 상관없지만, 순간적으로 보인 표정이긴 하지만 매우 불쾌하고 찝찝할 수밖에 없었다.

기분은 불쾌하고 찝찝했지만, 오늘은 저 인간의 일을 대신할 필요가 없다고 생각하니 불쾌하고 찝찝한 기분이 상쾌하게 바뀌는 느낌을 받았다.

이 느낌을 그대로 살려서 일을 다시 시작하였다. 처음에 손가락

이 어느 날보다 빠르게 움직일 땐 어디 가고 다시 원래의 손가락으로 돌아왔다.

"오랜만에 잘되는 듯했는데……."

강현은 어쩔 수 없다는 듯 고개를 돌리면서 목을 풀어주고 다시 일에 집중하였다.

처음에 그 느낌을 받을 수 없었지만 원래 하던 대로 일하다 보니 얼마 지나지 않아 12시가 다가왔다.

12시가 되자 하나둘씩 같이 갈 사람을 구해서 점심을 먹으러 갔다. 김 과장도 박 부장 외 여러 명의 회사 사람들과 같이 밥을 먹으러 떠났다.

강현도 배가 아주 고픈 편은 아니었지만 지금 밥을 먹지 않으면 나중에 배고플 땐 먹을 수 없어서 할 수 없이 밖을 나가서 편의점에 들어갔다.

편의점에서 라면과 삼각김밥 2개를 집어서 계산대로 가져온다. 계산을 마치고 편의점 앞 의자에 앉아서 테이블에 음식들을 놔두고 음식을 먹기 시작했다.

강현에게 먹는 활동은 다른 어떠한 활동보다도 의미가 깊었다. 가기 싫어도 가야 하는 회사에서 잠깐 나올 수 있을 뿐만 아니라 김 과장 그 인간도 안 보아도 되니 기쁨이 두 배, 아니 두 배 그 이상일지도 모른다.

음식을 전부 먹고 나서 회사로 들어가 시간을 확인하며 곧바로 옥상으로 올라갔다.

옥상으로 올라가 구석에 작게 설치되어 있는 흡연 부스로 들어갔다. 주머니에 고이 모셔 놓았던 담배를 쥐고 그 안에서 한 개비를 꺼냈다. 불을 붙이고 담배를 피우려고 하는 순간 멀리서 소리가 들렸다.

"강현 씨!"

왠지 듣기 싫은 목소리, 김 과장이었다.

원래 담배를 피우러 잘 오지도 않는데 왜 왔는지 알 수 없었지만 그게 중요한 것이 아니었다. 흡연 부스에서 나와 반갑게 인사하는 척을 했다.

"네, 과장님. 식사는 잘하셨어요?"

"아이, 나야 뭐 잘했지."

"강현 씨는?"

"저는 그냥 뭐 편의점에서 대충 먹고 왔습니다."

"그랬어?"

"나는 부장님이랑 저기 가서 순댓국 먹고 왔지. 저기 순댓국이 맛있더라고 괜히 부장님이 추천하신 곳이 아니야. 강현 씨도 다음에 같이 가자."

나름 신경 써줘서 한 제안이라는 걸 알고 있었다. 하지만 자유를 만끽할 수 있는 시간이 줄어든다는 사실이 머리가 제대로 된 판단을 하지 못하게 했다.

"조금만 더 생각해 봐도 될까요? 좋은 제안인 건 알고 있지만, 저도 저 나름의 사정이 있어서……."

"그럼 그렇게 해. 근데 강현 씨 제안해 줄 때 받아들여. 괜히 그렇게 따로 다니면 회사에 말동무 하나 없이 다닌다고 그러면 얼마나 외로운데."

"네, 생각을 해보고 빠르게 말씀드리겠습니다."

"그래. 그러면 생각해 보고 말해 줘~"

김 과장은 말을 끝맺으며 건물 안으로 휙 가버렸다. 그렇게 휙 가버리고 못 피운 담배를 피우려고 담배를 꺼냈지만 확인하니 담배는 안에 먼지 하나 들어 있지 않았다.

"아, 돛대였네······."

아쉬움을 뒤로 하고 빈 담배를 쓰레기통에 던져버리고 건물 안으로 들어갔다. 건물 안에 들어가니 나갈 때 비어 있던 자리들은 어디 가고 북적북적한 분위기의 사무실이었다.

강현은 자리에 앉아 원래 하던 일을 하기 시작했다. 일을 거의 끝내 갈 때쯤 시간은 이미 6시를 거의 향해가고 있었다. 일도 거의 끝내가겠다, 강현은 여유를 가지고 볼일을 보러 화장실을 가고 있었다.

화장실을 가려 엘리베이터를 가던 참이었다.

"아니 그 싸가지 없는 새끼······."

순간 흠칫한 강현은 엘리베이터 쪽 코너에서 누가 말하고 있는지 고개를 슬쩍 내밀어서 확인해 보았다.

김 과장과 옆 부서에서 일하고 있는 최 과장님이 서로 이야기하고 있었다.

"아니, 처음에는 싹싹하니 일도 잘하길래 잘 뽑았다 싶더니 이제는 일 좀 부탁해도 거절한다니까? 나 때는 상사가 일주면 그냥 헐레벌떡 자기 일도 제쳐두고 상사님 일 먼저 다 해가고 그랬는데 요즈음 친구들은 글러 먹었네 먹었어."

"그러셨어요? 많이 마음이 상하셨겠어요."

"그래, 그냥 일 좀 부탁하면 곱게 해주면 얼마나 좋아 내가 이렇게 화낼 일도 없고."

"그러니까요……."

김 과장이 자기 나이에 맞지 않는 어린아이의 어리광과 비슷하게 하소연하니 최 과장님은 그냥 아무 생각 없이 맞장구를 쳐주고 있었다.

표정을 보아하니 진짜 듣기 싫은가보다. 동태같이 죽은 눈을 하고 입은 떡하니 벌려 고개를 내밀고 멍때리듯이 듣고 있는 것을 한눈에 알아볼 수 있었지만 김 과장은 그런 것쯤은 신경 쓰지 않고 자기 할 말만 하고 있었다.

나에 관한 이야기와 모함이 끊이지 않고 나오던 중에 강현은 자기 볼일을 보러 이야기하는 최 과장님과 김 과장 쪽으로 다가갔다.

일부로 발소리까지 내면서 다가가니 김 과장은 아무 말도 하지 않은 듯 최 과장님과 함께 서 있었다.

"차장님, 과장님 안녕하세요."

"강현 씨 무슨 일로 왔어?"

당황스러운 목소리로 급히 대답하는 김 과장. 본래의 여유로움은 어디 가고 지금 내 앞에 있는 사람이 김 과장이 맞는지 의심이 될 정도였다.

"저는 볼일 보러 화장실 가려고요. 과장님은 뭐 하고 계셨어요?"

"어, 나는 우리 최 과장이랑 개인적인 이야기를 하고 있었지! 요즈음 이 친구가 좀 힘들다고 해서 말이야."

어이없는 표정으로 쳐다보는 최 과장님. 아랑곳하지 않고 여러 가지 변명을 지어내는 김 과장이 새삼 대단하게 느껴졌다.

"그러면 저는 원래 가려던 대로 화장실 좀 가보도록 하겠습니다."

"그래, 강현 씨 볼일 보고 얼른 돌아와."

허겁지겁 원래 자기 자리로 돌아가는 김 과장 그리고 그 뒤를 강아지마냥 쫄래쫄래 따라가는 최 과장님, 저 모습을 보니 뭔가 속이 시원한지 강현은 자신도 모르게 웃음이 튀어나왔다.

두 사람이 문을 열어 사무실로 들어가는 걸 보고 나서야 화장실로 발걸음을 옮겼다.

드디어 기다리고 기다리던 퇴근 시간이 왔다.

일도 퇴근 시간 15분 전에 끝내놔서 미리 퇴근 준비를 하고 있었다. 7시가 되자마자 강현은 인사를 끝내고 회사에서 나오려고 하였다.

그때 또다시 들리는 목소리, 김 과장이었다.

"강현 씨 벌써 집에 가려고? 너무 정이 없다. 일 다 끝냈으면 좀 도와주지."

"아, 오늘은 너무 피곤해서 빨리 가서 쉬고 다음 날 또 열심히 하겠습니다. 과장님."

"그러지 말고 조금만 더 있다가 가, 강현 씨."

"죄송합니다."

못마땅한 표정을 지으며 아니꼬운 듯 쳐다보는 최 과장이었지만 애써 무시한 채 사무실에서 나오는 강현이었다.

불과 몇 시간 전까지 답답하고 숨이 턱 막히는 듯한 사무실 안에 있던 강현이었지만 밖에 나오니 상쾌하니 손을 위로 쭉 펴며 기지개를 켰다.

정말 오랜만에 느끼는 차가운 듯 따스한 이 여름 바람이 내 온몸을 통과하는 느낌, 정말 최고였다. 그렇게 기분 좋은 바람을 맞으며 지하철역까지 걸어가는 강현이었다.

약 1시간 30분 뒤에 지하철역에서 내리고 집에 가기 전 편의점에서 맥주 2캔과 과자 한 봉지를 사서 집으로 돌아왔다. 집 안으로 들어온 강현은 옷도 벗지 않고 가방만 소파에 대충 던진 뒤에 그대로 식탁에 앉아서 맥주를 먹었다.

왜 이런지 모르겠지만 맥주 한 번 마셨다고 이렇게 행복해지는 자신이 강현은 너무 신기하였다.

그렇게 맥주를 마시고 과자를 먹으면서 행복하게 쉬고 있던 강현은 그대로 씻지도 않고 침대에 누워버렸다.

"이렇게 하루하루가 행복하면 얼마나 좋을까."

그렇게 깊은 잠에 빠지는 강현이었다.

다음 날 아침, 강현은 평소보다 가벼운 몸으로 일어나 시계를 보았다. 5시 1분 비교적 원래 일어나던 시간보다도 빠르게 일어났다.

평소보다 가벼운 몸이 체감될 정도로 매우 컨디션이 좋은 날이었다. 빠르게 씻고 나서 머리를 말리고 몸을 수건으로 닦고 평소 하던 대로 옷을 입었다.

그런 후 항상 신던 구두를 신고 밖을 나섰다. 이상하게도 오늘은 회사에 가기 싫다는 생각이 들지 않았다.

오히려 이렇게 집 밖으로 나가는 일이 즐거운 것인가 싶기도 했다.

그렇게 집을 나선 강현은 지하철역에서 지하철을 탄 뒤 1시간 30분이 지나서 지하철역에서 내렸다.

어제와는 확연히 다른 발걸음 강현도 이 사실을 몸소 느끼고 있었다. 몸도 상쾌하며 눈도 생기가 돈 것이 세상이 부정적이지 않고 아름답게 보이기 시작했다.

그렇게 10여 분 정도를 걸어서 회사에 도착하였다. 회사에 들어와 평소 하던 대로 안내데스크 분에게 인사를 건네면서 사원증을 찍었다.

그런 후 지체하지 않고 바로 엘리베이터에 타서 7층 버튼을 눌렀다.

"7층입니다."

7층에 도착하자마자 들리는 웅성거리는 소리 평소와 똑같은 상태였다. 그 속을 뚫고 천천히 강현의 부서에 도착하였다.

웬일로 도착하였는데도 부장님만 키보드 타자를 두드리고 계실 뿐 다른 분들이 존재하지 않았다.

자연스럽게 부장님께 인사를 드리고 가방을 챙겨 자신의 자리에 앉았다. 주섬주섬 안에 든 서류들을 꺼내고 책상 위에 놓았다.

그렇게 서류 몇 개를 더 꺼내고 나서 자리에 앉아서 컴퓨터 전원과 모니터 전원을 눌러 작업할 컴퓨터까지 준비를 마치고 일을 시작하려 할 때 어느 정도 거리가 있는 곳에서 들리는 목소리.

"부장님, 안녕하십니까."

김 과장이었다. 초록색 슈트에 셔츠를 바지에 넣어 입었지만, 어느 정도 튀어나온 배, 그리고 셔츠에 어렴풋이 비치는 민소매의 모습이 압권이었다. 어느 정도 우리 부서에 다가왔을 때 조심스럽게 인사를 건네었다.

"안녕하십니까. 과장님."

"……."

대답도 안 해주는 김 과장, 무슨 일인가 생각해 보려는 찰나에 오히려 관심을 주지 않는 것이 더 편할 거라는 게 생각나자마자 바로 생각하는 것을 멈췄다.

그래서 그대로 자리에 앉은 뒤 하려고 하였던 일을 시작하였다. 일을 시작한 지 5분 만에 갑자기 김 과장이 뒤에서 등을 찌르며 손짓으로 나를 불렀다.

어떤 일인지는 잘 모르겠지만 일단 김 과장의 뒤를 따라서 부서 밖으로 나갔다.

부서 밖으로 나가서 엘리베이터로 쪽으로 도착하여 그때 김 과장이 말을 걸었다.

"강현 씨, 어제는 편히 쉬었어?"

"네. 어제는 너무 편하게 쉬었습니다."

"그래? 나는 어제 일이 너무 많아서 집에 늦게 들어가서 얼마 못 잤어."

"아, 그러셨구나."

"그래. 조금만 도와주고 가지 그랬어. 어제 강현 씨한테 일을 부탁했는데 그거 안 도와줘서 이렇잖아."

어떻게 사람이 이렇게 뻔뻔한지 모르겠다.

자기 할 일을 자기가 해야지 왜 딴사람 탓을 하는지 전혀 이해할 수가 없었다.

"죄송해요. 근데 그건 원래 과장님이 담당해서 하셔야 하는 일이잖아요."

"그러면 내가 늦게 퇴근한 게 내 탓이라는 거야?"

"탓이 아니라요, 과장님. 그저 저는 과장님 일을 당연하게 하는 기계가 아니라는 말이에요. 저도 제 할 일이 있고 그걸 다 끝내고 나서 퇴근을 한 건데 이게 왜 제 탓인 것처럼 말하세요?"

뭔가 어수선해지는 분위기였다. 뭔가 잘못된 걸 느낀 강현은 바로바로 잡으려 하였다.

"죄송해요. 일부러 그런 게 아니라……."

"나도 알아, 강현 씨."

말을 끊어버리는 김 과장. 얼굴을 보니 귀가 빨갛게 변하고 나를 째려보았다. 급하게 얼굴을 보던 눈을 다른 곳으로 옮겼다.

"내가 미안했네. 강현 씨. 일 좀 많아서 부하 직원한테 일 조금 시키는데 아주 큰 죄야 그치?"

"아니 제 말은 그게 아니라……."

또다시 이야기하려는 걸 듣지도 않은 채 어깨를 툭 하고 밀친 뒤에 성큼성큼 부서 안으로 들어갔다. 강현은 생각했다.

'물론 너무 직설적으로 말하긴 했지만 저게 저렇게 감정적으로 화낼 정도인가?'

이해되지 않는 강현이었지만 별수 없었다. 강현은 심란한 마음을 뒤로한 채로 다시 부서로 들어갔다. 부서에 들어와 의자에 앉자마자 김 과장이 말을 걸었다.

"강현 씨, 혹시 커피 하나만 사서 와줄래?"

"네?"

"커피 말이야! 커피. 원래 아침에 커피를 마시는데 오늘은 급하게 오느라 커피를 못 가지고 왔네. 부장님 혹시 커피 마실 생각 없으세요?"

조용히 일하시던 부장님이 입을 열었다.

"우리 막내가 사 와준다고 하니까 그러면 나도 먹을게."

"차 대리 너도 먹을래?"

"그러겠습니다."

"부장님은 뭐 드실래요?"

"나는 아이스 아메리카노."

"그러면 나는 라떼 우유 빼고 차 대리는?"

"저는 저도 아이스 아메리카노요."

간다고 한 적도 없는데 이미 가는 거로 정해져 버린 것 같다.

"강현 씨 그러면 바로 앞 카페 가서 사 와줘."

"네……."

"여기 카드."

카드를 받아 저벅저벅 엘리베이터로 걸어갔다. 자신이 왜 이걸 하고 있는지 모르겠지만 그냥 정신이 시키는 대로 하니 벌써 자기도 모르게 카페에 도착해 있었다.

"아이스 아메리카노 2잔이랑 라떼에 우유 빼고 주세요."

"라떼에 우유를 빼고 드려요?"

"그러라 하시네요. 죄송합니다."

"일단은 알겠습니다. 저기 조금만 기다려 주세요."

"네."

강현은 카드를 들고 가까운 의자에 앉아서 커피가 나올 때까지 기다렸다. 이런 일을 갑자기 시키는 걸 보니 딱 봐도 이제부터는 김 과장이 유치하게 나올 것이 뻔하였다.

앞으로는 어떻게 나올지 모르겠지만 피곤해질 것은 분명하였다.

"어제 왠지 운수가 좋더라니."

괜히 어제 생각이 나서 더 짜증이 났다. 잠깐 생각에 잠겨 멍때리고 있는 사이 커피가 나왔다.

"여기 커피 나왔습니다."

"네, 감사합니다."

커피를 들고 부랴부랴 사무실로 돌아갔다.

"커피 사 왔습니다."

"어. 수고했어."

강현은 사 온 커피를 꺼내서 자리에 하나씩 놔뒀다. 커피를 전부 놔두고 자리에 앉았다.

안 그래도 밖에 갔다가 와서 더운데 또 김 과장이 시비를 걸기 시작했다.

"이거 맛이 왜 이래? 강현 씨 이거 맛이 왜 이래요?"

"라떼에 우유를 뺐으니까 그런 게 아닐까요?"

"내가 라떼에 우유를 빼달라고 했었나?"

"네, 그렇게 해달라고 하셨어요."

"맛이 이상할 줄 알았으면 좀 알아서 넣고 오지. 센스가 없어 사람이."

"……."

애써 말을 무시하고 자리에 앉아서 바로 일을 시작하였다.

밖에 잠깐 갔다가 왔을 때 체력이 많이 빠졌는지 오늘 아침까지만 해도 좋았던 컨디션은 어디 가고 지금은 힘들어서 머리도 제대로 돌아가지 않았다.

그런데도 일을 이제 막 시작했기 때문에 오늘 밤 전까지 끝내야 하는 일이었기에 얼른 시작하였다.

"타닥타닥"

어느새 일에 몰입해 있던 강현은 키보드 소리밖에 들리지 않았다. 키보드 소리에만 집중하여서 열심히 일하다 보니 체감상 얼마 시간이 가지도 않은 거 같았는데 벌써 점심을 먹을 시간이 돌아왔다.

"강현 씨, 점심 먹어야지 얼른 나가자."

뒤에서 김 과장이 점심을 먹으라고 부추겼다.

"일이 생각보다 많아서요. 그냥 안 먹고 일 마저 끝내겠습니다."

"그래? 그러면 그러고."

김 과장은 휙 하고 가버렸다. 김 과장이 가버린 후에 차 대리님이 말을 걸어왔다.

"밥 먹으러 안 갈 거면 편의점이나 들러서 삼각김밥이나 사줄까?"

"그렇게 해주실 수 있으면 해주실 수 있을까요?"

"그럼 당연하지. 열심히 해, 강현 씨."

"네. 감사합니다."

그렇게 차 대리도 가고 7층에 키보드 소리는 오직 강현의 키보드 소리 하나밖에 남지 않았다. 그 키보드 소리에 집중해서 일을 이어나가는 강현이었다.

마치 도자기 장인이 도자기를 만들 때 도자기의 결 하나하나에 집중하듯이 강현도 키보드 타자 소리 하나하나에 집중하여서 일을 마치려고 노력하였다.

그렇게 1시간 정도가 지나고 하나둘씩 들어오기 시작하는 사람들 강현은 같은 부서의 사람들이 들어올 때까지 그런 사실을 알지도 못하였다.

차 대리가 가장 먼저 돌아왔다.

"강현 씨, 여기 삼각김밥 뭘 좋아하는지 몰라서 일단 가장 호불호 덜 갈리는 거로 사 왔어."

"네, 감사합니다, 대리님."

"항상 수고해요, 강현 씨. 원래 과장님 성격이 저렇지 않은데 유독 강현 씨한테만 그러네. 왜 그러지?"

"그러게요."

"강현 씨. 힘내고 나도 할 일이 좀 있어서."

"네, 감사했습니다."

자리에 앉는 차 대리, 강현도 할 일이 많았기에 바로 일을 하기 시작하였다.

그렇게 몇 시간이 지나고 퇴근할 시간이 다가왔을 때까지 열심히 일한 강현이었지만 아직도 일을 끝마치지 못하였다.

김 과장이 중간중간에 자꾸 잡일을 시켜서 일 처리가 느려진 것도 한몫했지만 그렇게 따져도 너무나도 일이 많게 느껴졌다.

시간이 지나, 점점 사람들도 빠져나가고 차 대리와 김 과장도 강현의 자리 뒤쪽으로 지나갔다.

"강현 씨 수고해."

"강현 씨 수고해요."

두 사람이 인사를 건네자 강현은 자리에서 일어나 인사를 하였다.

"네, 두 분도 수고하셨습니다."

인사를 마치고 강현은 자리에 앉았다.

그러고는 다시 일에 몰두했다. 중간에 본사로 가서 할 일이 생겨 나간 박 부장과 두 사람이 나간 지금 부서에는 강현 밖에 남아 있지 않았다.

어느새 조용해진 7층. 그 안은 공허한 느낌만이 들 뿐이었다. 일하는 강현의 주위에는 키보드 소리만 날 뿐이었고 그 때문인지 다른 때보다도 더 크게 키보드 소리가 날 뿐이었다.

4시간 뒤, 11시보다 조금 더 지난 시간, 강현은 일을 전부 끝마쳤다.

"아, 드디어 끝났네."

기지개를 켜며 주위를 둘러보는 강현. 주위를 둘러보았지만 작은 불빛 하나 보이지 않았다.

그 속에서 주섬주섬 가방으로 짐을 챙기는 강현, 그대로 가방 속으로 짐을 넣고 천천히 밖으로 걸어갔다. 걸음걸이는 진이 빠진 듯 터덜터덜 걸어나갔다.

중간중간 김 과장이 했던 말들이 다시 생각났지만 김 과장만 생각하면 진절머리가 나기에 그냥 생각하지 않기로 하고 엘리베이터를 탔다.

아무 생각 없이 회사 밖으로 나왔다. 밖으로 나오자 선선한 바람이 불어왔다. 선선한 바람에 온몸이 붕 뜬 거 같은 느낌을 받는 강현이었다.

바람을 맞으며 갈 길을 가던 중 문득 배가 고파져서 어차피 늦은 김에 집으로 가는 발길을 식당으로 옮겼다. 그렇게 식당에 도착했는데 도착하고 나서야 지금이 12시가 다 되었다는 것이 생각이 났다.

"에이. 그냥 편의점이나 가자."

강현은 편의점으로 발걸음을 다시 돌렸다. 편의점으로 발길을 옮기던 중 왠지 모를 연기가 가득한 골목, 강현은, 그 속에서 아름답게 빛나는 무언가를 보았다.

"저건 뭐지?"

강현은 홀린 듯이 그 골목으로 들어갔다.

"정신은 차리셨어요?"

"뭐야……."

정신을 차린 강현, 왠지 모를 불편한 공간이 굉장히 낯설었다. 주위를 둘러보니 책상과 의자 그리고 카운터만 존재할 뿐 아무것도 존재하지 않았다.

"여긴 어디죠?"

"여기는 에센시아입니다."

"네?"

"일단 일어나시죠."

"네. 이름이 뭐예요?"

"일단 '모코스'라는 이름을 가지고 있고요, 관리자라 부르시는 게 더 편할 겁니다."

자기를 '모코스'라고 부르라 말하는 그 사람은 붉은 머리에 훤칠한 키 그리고 반쯤 가린 얼굴이었지만 잘생겼다는 것을 반만 가린 얼굴만 봐도 알 수 있었다.

"다만 하나만 말하자면 여기는 향을 파는 곳이에요."

"향이요?"

"네. 자신이 원하는 어떤 향이든 살 수 있어요."

믿기지 않는다. 갑자기 이상한 곳에 들어와 있고 그 안에서 관리자라고 불리는 사람이 나에게 향을 판다고? 무슨 판타지 소설도 아니고…….

"저는 향 같은 거 필요 없어요. 그냥 내보내 주세요."

"죄송하지만 나가실 수 없어요. 여긴 나갈 수 있는 문이 없거든요."

그 말에 주위를 둘러보았지만 정말 문은 존재하지 않았다.

"괜찮아요. 여기 들어온 대부분 손님은 전부 돌아가셨어요."

그 말을 듣자마자 바로 질문하였다.

"어떻게요?"

"진정하시고 일단 의자에 앉아보세요. 조금 진정하시면 어떻게 다른 사람들이 나갔는지 말해드릴게요."

나는 진정하고 의자를 꺼내어 자리에 앉았다. 그 사이 관리인은 어디로 갔는지 모르게 사라져버렸다.

믿을 수 없었다.

갑자기 어딘지도 모르는 곳에 가두어져서 자신이 원하는 향을 고르라고 하는 게 현실적으로 말이 된다고? 말이 될 수가 없다.

정신 차리고 빨리 출구를 찾기 위해서 자리에서 일어났다. 이곳저곳을 뒤져 보았다. 하지만 어떤 곳도 발견할 수 없었다.

"어휴, 이게 뭔 고생이냐."

"네?"

갑자기 어디서 나온 줄도 모르게 옆에 관리인이 서 있었다. "뭐야 언제 오셨어요?"

"그냥 손님 진정하시라고 차 가져왔어요. 여기요."

"아, 네 감사합니다."

차를 한 모금을 마셨다. 몸이 따듯해지는 것이 정말 마음이 진정되는 것 같았다.

"차 좀 더 드실래요?"

"아니요, 괜찮아요. 이제 진정된 거 같아요. 이제 말해 주셔도 괜찮을 거 같아요."

나는 빨리 이곳을 벗어나고 싶었기에 진정됐다고 말하고 관리인을 뚫어져라 쳐다봤다.

관리인은 갑자기 뚫어져라 쳐다보는 것이 부담스러웠는지 눈을 피하며 입을 열었다.

"모든 손님이 지금 손님처럼 행동하셨어요."

"그래요?"

"이해할 수 있어요. 갑자기 모르는 곳에 끌려 왔으니까요. 단지 모든 분은 자신이 원하는 향을 맡고 나서 원래 있던 곳으로 돌아가셨어요."

당연히 저 말을 처음에는 믿지 못하였다.

하지만 어차피 믿을 구석이 관리인이 하는 말밖에 없었기에 믿을 수밖에 없었다.

"저도 그 향 맡으면 다시 돌아갈 수 있는 건가요?"

"네. 천천히 고민해 보세요. 저는 잠깐 어디에 가 있을 테니……."

자기 할 말만 하고 가버리는 관리인을 뒤로한 채 천천히 내가 뭘 원하는지에 대해서 고민하였다.

"평소 내가 좋아하는 향이 뭐가 있지?"

한 번도 생각해 본 적이 없었다.

이렇게 나에 대해서도 잘 모르는 내가 한심하기도 하면서 그 정도로 내가 빡빡하게 살았다고 생각했다.

지금이라도 생각해 보려 했지만, 전혀 감이 잡히지 않았다. 그렇게 30분 정도를 생각해 보았지만, 전혀 갈피가 잡히지 않았다.

"아직도 정하지 못하셨나 봐요?"

어느샌가 등장한 관리인이 강현에게 질문을 던졌다.

"네, 어쩌다 보니 그렇게 됐네요."

"어렵게 생각 안 하셔도 돼요. 혹시 어디 가고 싶은데, 있어요? 그런 사소한 거라도 상관없는데."

가고 싶은 곳이라는 걸 한 번도 생각해 본 적 없는데 무의식적으로 입에서 말이 튀어나왔다.

"바다……."

"네? 뭐라고요?"

"아, 말이 잘못 나왔어요."

"그래도 말해 보세요. 어차피 생각 안 나신다면서요."

"바다요. 제주도에서 태어나서 그런지 바다가 저한텐 익숙해서요."

관리인은 생각해 보는 포즈를 취하더니 "잠시만요!"라는 말과 함께 어디로 가버렸다.

그러는 사이 나는 내가 왜 그랬는지 생각을 해보았다.

'왜 입에서 바다라는 말이 나왔을까.'

바다에 대해서 생각해 보니 정말 재밌는 일이 많았다. 누나와 같이 모래사장에서 누나와 함께 조개껍데기를 모으던 것부터 해서 짝사랑하던 친구와 함께 바다에서 물놀이하던 것, 어머니가 준비해 준 도시락을 친구들과 함께 나눠 먹던 것 전부 행복했던 기억들뿐이었다.

"내가 이래서 바다를 말했구나."

납득이 가는 순간이었다. 이렇게 행복했던 기억을 다시 한번 느끼고 싶었기에 바다를 말했구나 싶었다.

그렇게 추억에 잠기고 있을 때 관리인이 다가왔다.

"주문하신 '바다' 나왔습니다."

"향수인가요? 뭐 다른 게 아니라?"

"네, 그냥 향수를 뿌려서 향기를 맡아보세요."

"그냥 그러기만 하면 돼요?"

"네, 한 번 해보세요. 다른 경험을 해보시게 될 겁니다."

향수를 꺼내자 영롱한 빛이 흘러나왔다. 영롱하게 비치는 푸른빛이 마치 사파이어를 연상케 했다. 책상에 놓은 향수를 집자 나는 선선한 향기가 이 공간을 가득 채웠다.

"어서요."

관리자의 말을 들은 나는 아름다운 빛을 내는 그 향수를 집어서 공중을 향해 향수를 뿌렸다. 엄청난 향기였다. 바다의 짠 냄새가 코를 타고 들어간 그 향기가 입안에서도 가득 차는 듯한 느낌이었다. 강현은 그 향기를 전부 느끼기도 전에 금세 의자에 엎드려 쓰러졌다.

정신을 차린 강현은 어딘지도 모르는 장소에 도착해 있었다. 그때 들리는 익숙한 소리.

"아악 아악."

갈매기 소리였다. 갈매기 소리에 정신을 차린 강현은 이곳이 어딘지 살펴보았다. 모래사장이었다. 그것도 어릴 때 추억이 가득한 그곳.

"뭐야, 내가 왜 여기에 있어?"

놀랄 뿐이었다.

분명 바다 향기를 맡고 있었는데 어느새 바로 모래사장에 있다니 이해할 수 없는 상황이었다.

강현은 자리를 짚고 일어나 다시 한번 주위를 살펴보았다. 몇 번을 눈을 감고 떠봐도 역시 강현의 추억이 가득한 그곳이었다.

그렇게 추억에 잠겨 그 장소를 구경하고 있는데 옆에서 소리가 들려왔다.

"누나 같이 가!"

익숙한 목소리, 바로 강현 자신이었다.

"누나 같이 가자니까!"

"바보야. 따라 올 테면 따라와 봐."

누나도 있었다. 어릴 땐 그렇게 크게 느껴졌던 누나가 이렇게 보니 정말 땅꼬마처럼 작게 보였다.

어릴 때 강현이 저렇게 누나와 함께 뛰어다니는 모습을 보니 강현은 누나한테 연락한 지가 얼마나 됐는지에 대해서 생각했다.

"벌써 누나한테 연락을 안 한 지가 6년이 돼가네."

어언 누나한테 전화 한 통 안 한 게 6년이나 지났다. 이렇게 보니 저렇게 재밌게 놀아주던 누나를 신경도 안 쓰고 지내던 자신에게 매우 실망했다.

"아야!"

갑자기 들리는 소리, 어릴 때의 강현이 넘어졌다. 정말 울음이 터지기 직전의 상황. 무릎은 바닥에 부딪혀 쓸려서 피가 났다. 넘어지는 소리를 듣고 흠칫하는 누나, 곧장 뒤를 바라보고 어릴 때 강현을 걱정하였다.

"야. 괜찮아? 그러니까 조심해야지!"

"누나가 날 버리고 갔잖아!"

결국, 울음이 터져버린 어릴 때의 강현, 그런 나를 보자 누나는 어쩔 줄 몰라 하였다.

"야. 일단 업혀."

"어?"

"업히라고. 빨리 집에 가서 약 바르게."

"어, 어……"

급하게 어릴 때의 강현을 업은 누나는 바로 옛날 집으로 달려갔다. 나도 그 모습을 보고 누나를 따라 뛰어갔다. 마치 오랜만에 누나와 함께한다는 느낌이 그저 뛰기만 하였지만, 그것마저도 즐겁게 느껴졌다. 그렇게 뛰어가던 도중 누나는 온데간데없이 사라졌고 갑자기 다른 곳이 나왔다.

"여긴 또 뭐야?"

그렇게 생각할 틈도 없이 다른 목소리가 들려왔다.

"이거나 받아라!"

"강현아, 하지 마!"

이번엔 중학생 때 짝사랑하던 혜진이와의 추억이었다. 지금 봐도 예쁜데 특히 저 특유의 눈웃음이 왜 중학교 때의 자신이 혜진을 왜 좋아했는지 알 수 있었다.

"야, 다 젖었잖아."

"야, 젖을 수도 있는 거지 그걸로 뭐라 그래."

"혜진이는 물 진짜 싫어했는데."

중학교를 졸업하고 안 사실이었는데 혜진이는 물을 싫어했다. 물을 싫어하면서도 나와 함께 놀아준 혜진이가 고맙기도 하면서도 그것 하나 모르고 짝사랑하던 애가 뭘 싫어하는지도 모르는 자신이 미워지는 강현이었다.

"지금 혜진이는 뭘 할까? 예전에는 미용사가 꿈이라고 했는데 그 꿈을 이뤘을까?"

문득 궁금하였다. 혜진이가 어떻게 지내는지. 평소의 일에 지쳐서 아무 생각도 없이 일에 몰두할 뿐 주위에 사람들은 신경 쓰지도 않았다.

그런 부분에 대해서 다시 한번 생각해 보는 계기를 얻게 되는 강현이었다.

그렇게 생각하는 와중에 어느샌가 다른 곳으로 이동해 있었다.

아직 그 전 과거에 여운이 가시기도 전에 저 멀리서 또 다른 익숙한 목소리들이 들려왔다.

너무 오랜만에 듣는 목소리여서 기억이 가물가물하였다.

오랜만에 듣는 이 목소리의 주인이 누군지 알아보기 위해서 강현은 소리가 나는 곳으로 가까이 다가갔다.

"야, 이 새끼 어제 봤냐?"

"그걸 잊겠냐? 얘 헛발질했잖아."

"아, 하지 말라고 미친놈들아."

"아, 이 새끼 정색하네. 이러기야?"

"진짜 감 다 죽었다 강현이."

고등학교 때 친구들이었다. 한 명은 초등학교 때부터 친해져서 고등학교까지 같이 다녔던 친구고 한 명은 고등학교 때 우연히 친해져서 축구를 하다 보니까 더욱더 친해진 케이스였다.

이 친구들과 여러 가지 추억들이 많다. 축구 말고도 학교에서 물장난하다 교장 선생님께 혼난 거부터 해서 같이 학교에 남아서 시험공부 하는 거, 옆 반이랑 시비 붙었을 때 같이 싸웠던 거 등 여러 가지 일들이 있었다.

"야, 너네는 커서 뭐할 거냐?"

"나는 그냥 사업이나 하려고. 크게 성공해서 형님이 너네한테 좋은 소고기 한 번 쏠게."

"그게 뭐냐, 못해도 스포츠카는 뽑아줘야 하는 거 아니야?"

"아, 사주고 말고 헬기도 사줄 게 그냥."

"야, 강현아 너는 뭐가 꿈이냐?"

"어, 나는 생각해 본 적 없는데."

"야, 넌 미래도 없냐? 한 번 생각해 봐. 네가 뭘 하고 싶은지."

저 질문에 내가 뭐라 대답했는지 기억을 해낼 수가 없을 정도로 매우 오래전 일이었다.

그때 무슨 말을 했는지 듣기 위해서 더 귀를 기울였다.

"나는 그냥 이탈리아 베네치아에 가보고 싶어."

"뭐가 되고 싶은 거 말고?"

"응 나는 아직 하고 싶은 거는 잘 모르겠어서."

듣고 나니까 알겠다. 내가 뭘 하고 싶어 했는지. 강현은 아무 이유 없이 일하던 나 자신이 한심하게 느껴졌다.

"내가 어릴 때보다 나아진 게 뭐지."

어릴 때는 내가 뭘 하고 싶은지에 대해서 마음속에 간직하면서 목표를 이루기 위해서 공부했지만, 지금은 내가 스트레스를 받으면서 일하는 이유를 알지도 못하는 나 자신이 답답했다.

그렇게 나에 대해 자책하고 있을 때 옆에서 관리인이 튀어나왔다.

"저기 혹시 좀 깨달은 게 있으세요?"

흠칫 놀라 옆을 보는 강현. 옆에 온 사람이 관리인인 것을 확인하자 놀랐던 가슴을 진정시키고 말을 이어갔다.

"어느 정도는요. 그냥 저 자신에 대해 여러 가지를 알았네요."

"그래요? 그러면 다행이고요."

"그냥 제가 이때까지 뭘 해왔는지 잘 모르겠어요. 어릴 때의 제가 지금의 저보다 훨씬 낫네요."

"그렇게 생각하지 마세요. 인간이 왜 인간이에요. 배워가는 게 인간이니 그런 게 아니겠어요?"

"고마워요. 위로해 주셔서……."

"아니에요. 이제는 정신 차리셔야죠."

"네?"

갑자기 추억이 있던 모래사장은 어디 가고 원래 있던 곳으로 돌아왔다.

"이제는 잘 알 거라 믿고 있어요. 뒤를 보세요."

강현이 뒤를 돌아보자 원래는 있지 않았던 나무로 된 문이 생겼다. 무슨 일인지 모르겠지만 하나 확신하는 건 저게 밖으로 나갈 수 있는 문이라는 것이다.

"저 문을 통해서 나가면 됩니다."

고개를 숙이며 양손으로 문을 가리키는 관리인. 그런 관리인을 향해서 강현이 말했다.

"잠깐이지만 고마웠어요. 혹시 나중에 또 볼일이 있을까요?"

"아마 없을 겁니다."

"아……."

금세 정이라도 쌓였는지 강현은 아쉬움을 느꼈다. 그런 강현을 보며 눈웃음을 지어주는 관리인. 괜스레 고마움이 느껴졌다.

"그러면 진짜 가보겠습니다."

"네, 수고하셨습니다."

강현은 나무 문으로 발걸음을 옮겼다. 문에 도착하여 관리인을 보려 뒤를 돌아봤을 때 관리인은 이미 사라진 뒤였다.

텅 빈 곳을 뒤로하고 강현은 문고리를 잡고 열자마자 엄청난 빛이 쏟아져 나왔다.

"뭐야?"

눈을 뜬 강현은 주위를 둘러보았다. 강현의 집이었다.

"어떻게 된 거지?"

자리에서 일어난 강현은 자신에게 뭔 일이 일어났던 건지 가늠을 할 수가 없었다. 꿈이라고 하기엔 너무나도 현실적인 이상한 카페 같은 곳으로 이동한 것부터 해서 수상한 관리인을 만난 것, 나의 행복했던 추억들이 불과 몇 시간 만에 훌쩍 지나간 것까지도 정말 소중한 경험이었다.

강현은 이번 경험으로 많은 걸 느꼈다.

돈은 부가적인 요소일 뿐이지 삶의 주가 되면 안 된다고 생각하였다.

강현은 휴대폰을 열어서 메시지 앱에 들어가 검색 창에 누나를 검색하여 말을 걸었다.

"누나, 뭐해?"

"네가 웬일이야?"

누나가 답장을 받았다. 누나의 얼굴이 있는 프로필사진을 보니 잘 지내고 있구나 싶었다.

"톡은 불편해서 그런데 전화로 해도 돼?"

"어, 누나."

누나가 전화를 걸어왔다.

"그래서 무슨 일이야?"

누나가 질문해왔다.

"아니, 그냥 뭐하나 싶어서. 뭐해?"

"나는 그냥 토요일이라 쉬고 있지?

"그렇구나."

"그러면 너는?"

"나도 누워서 쉬는 중이야. 그러면 확인했으니까 끊을게."

"그래. 평소에 전화 좀 자주 걸어. 다 받을 테니까."

"알겠어, 누나."

"그래 끊어."

전화를 끊으려 하기 전에 차마 낯간지러워서 말 못하던 말을 입 밖으로 꺼냈다.

"누나, 항상 고마워."

강현은 말을 끝내고 바로 전화를 끊었다. 잘 들었는지는 모르겠지만 누나에게 이 말을 했다는 게 자기 자신이 자랑스럽게 느껴졌다.

강현은 전화를 끝내고 그 여운이 가시기도 전에 방문을 열고 거실로 나왔다. 거실 저 구석에 있는 책장에 가서 바빠서 읽지 못하였던 책을 가지고서 옆에 있는 1인용 소파에 털썩 앉았다.

그러고서 책에 꽂혀 있는 책갈피를 빼고 천천히 책을 읽었다. 오랜만에 읽는 책은 너무나도 새로웠다. 강현은 다 잊어버린 채 책에 온 신경을 집중하였다.

한 글씨 한 글씨가 너무나도 눈에 잘 들어왔고, 그 순간이 즐거웠다. 그렇게 약 1시간 정도를 책을 읽었을 때쯤 강현은 배가 고파왔다. 읽던 책을 살포시 앞에 있는 책상에 놓은 후 거실로 나가서 냉장고를 살펴보았다.

냉장고를 보니 싸늘한 공기만 가득할 뿐 텅텅 비어 있었다. 강현은 이참에 밖에 나가서 밥을 먹기로 하였다.

강현은 옷장에서 잡히는 옷을 대충 입은 후에 집을 나섰다.

답답한 옷 대신 입은 편안한 옷은 마치 몸이 깃털과도 같은 느낌을 받게 해주었다. 그 몸을 끌고 근처에 있는 김밥집에 들어갔다.

"여기 김밥 하나 주세요."

"네."

들어가자마자 주문한 후 자리에 앉았다. 자리에 앉은 후 주위를 둘러보았다. 함께 먹고 있는 커플들과 아이에게 김밥을 먹이는 어머니 사이에서 왠지 모르게 소외감이 들기보단 그 사람들과 함께 먹고 있다는 생각에 기분이 좋아질 뿐이었다.

"여기 김밥이요."

"네, 감사합니다."

주방에서 얼마 지나지 않아서 김밥이 나왔다. 배고파서 그런 것인지 모르겠지만 김밥은 너무나도 먹음직해 보였다.

강현은 김밥을 바로 입속으로 넣었다. 김밥은 먹음직해 보일 뿐만 아니라 맛 또한 매우 뛰어났다. 순식간에 김밥을 다 먹은 후에 계산하고 김밥집을 나왔다. 김밥집을 나온 후에 마침 나온 김에 여러 가지를 해보자는 마음가짐으로 여러 곳을 돌아다녔다. 도서관에 가서 책을 빌렸다.

읽고 싶었던 책이지만 시간이 없어 읽지 못했던 책들.

강현은 이 책들을 가지고서 그 도서관 근처에 자주 커피를 사던 카페에 갔다. 카페에 가서 커피를 시킨 후에 창가 자리에 앉았다. 커피를 기다리면서 책을 펴 표지를 넘기면서 책을 읽기 시작했다. 한 장두 장 넘기고 있을 때 소리가 들렸다.

"주문하신 아이스 아메리카노 나왔습니다."

"네, 감사합니다."

커피를 받아든 강현은 한 모금을 마신 뒤 다시 책을 읽기 시작하였다. 그렇게 몇 시간이 지난 줄도 모른 채로 계속해서 책을 읽었다. 카페에 알바생이 마감 시간이라고 말을 할 때가 돼서야 시간이 많이 늦었다는 사실을 알게 되었다. 책을 가지고서 강현은 카페를 나왔다.

"이젠 집에 돌아갈까?"

걸음을 옮겨 집으로 돌아가려 강현은 발걸음을 옮겼다.

발걸음을 옮기던 중 옆에서 극장이 보였다.

"늦은 김에 영화도 한 편 봐볼까?"

손에 들고 있는 책들은 잊은 채로 극장 안으로 들어갔다. 늦은 시간이라 그런지 자리가 많이 남아 있었다.

극장 안에 가서 영화 티켓을 구매했는데도 뒷자리가 많이 남아 있어서 남은 자리 중에 한 자리로 구매하였다.

구매한 후에 영화관 안에 들어가서 영화가 시작하길 기다렸다. 영화가 시작하고 강현은 영화에 몰입하였다.

영화는 공포영화였다. 그래서 그런지 영화를 몰입해서 보던 와중에 자꾸만 주위에서 소리를 질렀다. 자꾸만 몰입하려고만 하면 사람도 별로 없는데 소리가 너무나도 크게 들려서 몰입이 깨지고 말았다. 강현은 소리를 지르는 것이 신경 쓰이기는 하였지만, 기왕 온 김에 스트레스받지 말고 재밌게 보자는 생각에 애써 무시하고 영화를 보았다.

그렇게 영화가 막바지가 되었을 때 너무나도 큰 비명에 깜짝 놀라서 그쪽을 쳐다보았다.

거리는 얼마 되지는 않는 바로 옆 옆자리에서 한 여자가 눈을 가리고 소리만 엄청나게 질렀다.

어떻게 생긴 사람인지 궁금하여서 자세히 쳐다보았을 때 어디선가 많이 본 얼굴이 보였다.

얼굴이 많이 달라져서 못 알아볼 뻔했지만, 특유의 그 눈을 보자마자 혜진이라는 것을 직감하였다.

그렇게 영화는 끝이 나고 혜진이가 일어서서 영화관을 나갈 때 강현은 뒤를 따라서 같이 나갔다.

같이 따라 나갈 때 그 뒷모습은 여전히 내가 기억하던 그 모습과 비슷하였다. 그렇게 뒤를 따라 나가서 극장 밖으로 나가는 문에서 갑자기 혜진은 뒤를 확 돌아보았다.

깜짝 놀란 강현은 순간 움찔하였다.

"뭔데 이렇게 따라오세요?"

혜진이는 알아보지 못하는 듯 강현을 째려보았다.

"그게······."

강현은 놀란 가슴을 진정시키려 말끝을 흐렸다.

"뭔데요?"

"어······."

"할 말 없으면 그냥 갑니다? 따라오지 마세요."

휙 뒤를 돌며 밖으로 나가는 문을 잡고 밖으로 나갈 때 나도 모르게 손을 붙잡았다.

"너무 예쁘셔서요. 전화번호 좀 주실 수 있을까요?"

순간 강현은 식은땀이 흘렀다.

"내가 뭔 말을 한 거지?"

자신이 말하고도 무슨 말을 하는지 모르겠는 강현이었다.

"아니 그게 아니라······."

해명하려는 와중에 갑자기 손을 내미는 혜진.

"폰 줘요. 번호 줄 테니까."

"네?"

"싫어요? 관심 있다면서요."

당황한 강현이었지만 주머니에 있던 폰을 혜진에게 내밀었다. 번호를 받은 후 혜진은 문을 나가며 말했다.

"나중에 연락 주세요."

"네."

순식간에 지나간 상황에 아직 벙쪄 있는 강현이었다. 금세 정신을 차린 후에 강현은 곧장 집으로 향하였다. 집에 도착한 강현은 곧장 침대에 가서 누웠다. 누운 후에는 폰을 켜 혜진에게 연락을 보내었다.

"저기 번호 받아 간 사람인데요."

한 5분 뒤 답장이 왔다.

"아, 네네."

"혹시 저 누군지 아세요?"

"아니요?"

내심 기대한 강현이었지만 모른다고 하니까 살짝 서운하였다.

"혹시 언제 시간이 빌까요?"

"흠, 내일 볼까요?"

"그래도 돼요?"

"네, 남는 게 시간이에요."

"그러면 내일 보는 거로 해도 될까요?"

"그러죠, 뭐. 장소는 오늘 극장 앞으로 하죠?"

"그래요!"

대화가 끝나자 강현은 얼굴을 베개에 푹 박았다. 너무나도 많은 일들이 한 번에 일어나니 몸이 피곤함을 버티지 못한 것 같았다. 강현은 금세 잠에 빠져들었다.

다음 날이 돼서 얼마 자지도 못했지만 빠른 시간에 침대에서 일어났다. 잠은 얼마 자지 못하였지만, 몸이 피곤하지는 않았다. 개운하게 기지개를 켠 후에 침대에서 일어났다.

욕실에 들어가서 몸을 씻은 후에 약속 시간이 오기 전까지 휴대전화 시간을 보면서 가슴을 졸이며 기다리고 있었다.

약속 시간이 다가오자 문밖을 나가 얼마 지나지 않아서 극장 앞에서 기다렸다. 밖이 더워서 땀이 흘렀지만, 혜진을 만날 생각에 더위는 느껴지지 않는 거 같았다.

그때 저 멀리서 어떠한 실루엣이 보였다. 강현은 그 모습이 혜진인 것을 단번에 알아챌 수 있었다.

"미리 와 계셨네요? 저도 15분 정도 일찍 온 건데."

"제가 긴장을 많이 해서……."

"긴장할 게 뭐가 있어요. 그럼 갈까요?"

손짓하며 따라오라는 제스처를 취하는 혜진. 강현은 그녀를 따라갔다. 처음에는 둘 다 밥을 안 먹어 근처 식당에 가서 밥을 시킨 후 대화를 이어갔다.

"저기 혹시 몇 살이세요?"

혜진이 물었다.

"전 29이요."

"저랑 동갑이네요?"

"네, 우연이네요."

이야기를 이어가던 와중에 밥이 나와 밥을 다 먹고 난 후에 다시 극장으로 향하였다.

"혹시 어떤 영화 좋아하세요?"

혜진이 얼굴을 바라보며 물었다.

"저는 장르 신경 안 쓰고 봐서요."

"그러면 액션 영화 봐도 괜찮죠?"

"네, 그러세요."

그렇게 강현과 혜진은 영화관 안으로 들어갔다. 어제와 달리 자리가 낮이라 꽉 차 있었다. 자리에 앉은 후에 어제에 관한 대화를 이어 나갔다.

"어제는 어쩌다가 밤에 영화를 보러 오셨어요?"

"어제는 그냥 극장 앞을 지나가다가 영화 한 편 볼까 생각이 들어서 늦게 영화를 봤어요."

"그렇구나. 저는 원래 심야에 영화를 자주 봐서요. 다음에 또 시간 되면 같이 밤에 보실래요?"

"그러죠."

대화가 마무리되자 곧 영화가 시작하였다. 처음 보는 액션 영화였지만 나름대로 재밌었다. 영화를 보던 중 혜진의 얼굴을 보면 영화에 상황에 따라 실시간으로 바뀌는 얼굴이 너무나도 귀여웠다. 영화가 끝나자 자리에서 일어나 영화관을 벗어나서 극장을 들어오던 입구로 향하였다.

"저기 오늘 즐거웠어요."

"저도 오늘 즐거웠어요. 그래서 아직도 눈치 못 채셨어요?"

강현은 고개를 갸우뚱 기울이며 말했다.

"네?"

"진짜 바보네 바보. 아직도 모르겠어?"

"어?"

당황스러운 강현을 뒤로하고 혜진이 어깨를 치며 웃음을 터트렸다.

"야, 너는 나 만난 거 알았으면 너라고 말이라도 해줘야지 그걸 너만 알고 있었냐?"

"아니, 너무 당황해서……."

"나는 너랑 문자 보내면서 이름 보고 알았잖아."

"그래?"

"야, 너무 오랜만이다. 잘 지냈어?"

"나야 잘 지냈지."

그때 울리는 알람 소리에 혜진은 휴대전화를 확인했다.

"야, 미안하다. 나 이제 가봐야 할 거 같아. 미용실에 일 좀 대신해주기로 해서."

"어, 그래. 다음에 또 봐."

말이 끝나기도 전에 바로 미용실로 떠나는 혜진을 지켜보는 강현이었다. 그렇게 혜진이 급하게 미용실에 간 뒤 할 일이 없어진 강현은 집으로 천천히 걸어왔다. 천천히 걸어오는 길에 보이는 뛰어노는 아이들, 함께 앉아 이야기하고 계시는 어르신들, 손잡고 함께 걷는 커플들을 사이로 걷는 강현은 전과 달리 소외감을 느끼기보다 이 사람들 사이에 내가 소속되어 있구나 하는 느낌을 받았다.

집으로 돌아와 거실 소파에 앉아서 전에 잠시 덮어둔 책을 발견하고 강현은 그쪽을 다시 한번 보았다. 책에는 이런 말이 적혀 있었다.

"나만이 내 인생을 바꿀 수 있다. 아무도 내 인생을 대신해 주지 않는다."

그 한 문장을 보며 다시 여러 생각에 잠기는 강현이었다.

후기

드디어 글쓰기가 끝이 났네요. 글쓰기가 매우 어려웠지만 끝내고 나니 정말 기분이 좋습니다. 개인적인 생각이지만 글의 템포가 너무나도 뒤죽박죽이고 표현력이 부족해서 아쉬운 점이 많았던 것 같습니다. 너무나도 부족한 글이지만 쓴 글을 읽어주시는 여러분께 감사의 말씀을 전합니다. 저는 제 이야기 속 '강현'이라는 인물을 통해서 이야기 속 주인공이 어려움을 헤쳐 나가서 결국 행복해지는 모습을 여러분에게 보여주고 싶었습니다. 누구든지 인생을 살면서 어려움을 만나게 됩니다. 거기서 좌절하고, 포기하는 사람이 있는 반면에 '강현'처럼 어려움을 극복하는 사람도 존재합니다. 이러한 사람은 어떤 고난도 극복할 수 있는 능력을 가지고 있습니다. 그리고 이 능력은 모두에게나 존재하는 능력입니다. 이 능력을 얻기 어려운 이유는 한 번 넘는 것이 어렵기 때문입니다. 한 번이라도 넘게 된다면 다른 어려움이 오더라도 극복할 수 있을 것입니다. 이야기 속 '강현'은 상사에게 계속 지속적인 괴롭힘을 받아도 이 고난을 견뎌내고 끝내 깨달음을 얻고 행복을 찾았습니다. 계속 버티라는 말이 아닙니다. 자신이 힘들 때는 쉴 줄도 알아야 신체적, 정신적으로 다시 일어날 힘이 생깁니다. 마라톤 선수들이 마라톤 경기 도중에 바나나를 먹는 이유랑 같다고 보시면 됩니다. 마라톤 선수는 바나나를 먹는 행동을 통해서 다시 힘을 얻고 끝까지 완주하기 위해서 노력합니다. 중간에 쉬어서 힘을 얻었다면 마라톤 선수처럼 노력 또한 해야 한다는 걸 기억해야 합니다. 이 글을 읽은 여러분들도 고난을 극복하면서도 항상 무리하지 않고 노력하길 바랍니다.

두 번째 향

★★★

첫사랑의 향기

1학년 박주희

00

향기는
사랑하는 사람과 함께했던 장소를 떠올리게 한다.
향기는
기억을 되찾게 해준다.
향기는
추억을 회상하게 해준다.

그리고

그 추억을 잊지 못하게 한다.

01

이루다 작가의 첫 사인회, 8월 6일 성운센터 2층

나는 현수막을 지나쳐 성운센터로 들어갔다. 나를 알아본 몇몇 사람들이 길을 가다 멈춰 섰다. 그들은 나를 보자마자 휴대전화를 들었고, 나를 찍어댔다. 나는 입꼬리를 살짝 올려 웃어주었다.

성운센터의 1, 2, 3층은 서점이지만 위층에는 나의 직장이 있다. 사실 재택근무라 자주 들리지는 않지만.

나는 2층으로 올라가 안내받은 대기실로 들어갔다.

'할 수 있어, 떨지 말자.'

이 말을 마음속으로 얼마나 외쳤는지 모른다. 첫 사인회라 며칠 전부터 엄청나게 긴장됐는데 이 센터에 들어오니 내가 정말 사람들이 알아볼 정도로 유명해졌구나, 유명작가구나. 라는 생각이 들었다. 근데 며칠 동안 한 걱정이 무색하게 나는 정말 빠르게 적응해버렸다. 이 모든 것이 꿈속에서 그려오던 것이라 그런가? 싫어할 수밖에 없는 회사지만 오늘만큼은 좋았다.

02

띠리리-

시끄럽게 알람이 울렸다.

오늘도 꿈에 같은 사람이 등장했다. 며칠째 꿈에 같은 사람이 나와 같은 말을 한다. 하지만 그게 누군지 어떤 상황이었는지는 기억나지 않았다. 어떤 말을 했는지는 정말 조금만 더 노력하면 기억날 것만 같은데 내 머리는 그러지 못했다. 한 가지 확실한 것이 있었다. 나는 꿈속에서 익숙한 향기를 맡았고, 나는 그 향기를 분명히 안다. 그것만은 확실하다.

직업이 직업이다 보니 혹시 몰라 소재가 될 만한 내용은 메모장에 모두 기록하는데 그중의 하나가 꿈이다. 나는 오늘도 익숙하게 메모장을 키고는 기억이 달아나기 전에 얼른 꿈을 써 내려갔다. 그때 문득 의문이 들었다. 꿈에서도 향기가 느껴지나? 나는 의문을 풀기 위해 인터넷 창을 열고 검색했다.

수면 중에는 향기를 맡을 수 없습니다. 만약 향을 느꼈다면 그것은 원래 인지하고 있었기에 향기를 맡았다고 생각하는 것입니다.

원래 알고 있었던 향이라……. 나는 어디서 그 향을 맡아보았는지 생각하려 애썼지만, 도무지 기억나지 않았다.

아침을 이렇게 꿈과의 사투로 보냈다. 시간을 보니 오후 한 시였다. 침대에서 일어나 회색 블라인드를 올리고 창문을 열었다. 따사로운 햇볕이 내려와 나의 방을 비춰주었다. 이렇게 날씨 좋은 날에 마감이라니. 나는 피곤하다는 듯 이마를 짚는 시늉을 했다. 책상 위에 덩그러니 놓여 있는 노트북을 들고 다시 침대로 갔다. 내가 좋아하는 음악을 틀어 내 방안을 채웠다. 기분 좋게 글을 쓸 수 있을 것만 같았다. 아니 기분 좋은 일이 일어날 것만 같았다. 두 시간쯤 흘렀나, 너무 편해서 그런가 예상과는 달리 글은 써지지 않고 졸음이 쏟아졌다. 지루함에 창문을 한번 쳐다보니 바깥에 나가고자 하는 충동이 생겼다. 바깥에 나오니 봄이 끝나가는 게 느껴졌다. 그래도 아직 봄이니깐 혹시 춥지 않을까 싶어 입고 나온 카디건은 곧 나에게 짐이 되었다. 얼마 걷지 않았는데 땀이 나기 시작했고, 나는 어쩔 수 없이 겉옷을 벗어들고 가야 했기 때문이다. 골목으로 들어가니 카페 하나가 보여 들어갔다.

"어서 오세요."

인사를 하려 했는데 주변을 둘러보니 잘못 들어왔다는 사실을 바로 인지했다. 분명 외관 인테리어는 카페 같았는데 들어와 보니 향수가 잔뜩 진열되어 있었고 온갖 향이 섞여서 났기 때문이다.

"아 죄송합니다. 카페인 줄 알고 들어왔는데……."

나가려는 나를 가게 주인이 붙잡았다.

"카페는 아니지만 시간 되시면 차 한 잔이라도 하시고 가세요. 밖에 덥잖아요."

"아, 네!"

"준비해오는 동안 구경하셔도 돼요. 금방 내올 테니 기다려 주세요."

나는 눈앞에 보이는 의자에 앉았다. 앉아서 전시장을 구경했다. 여러가지 이름 모를 영어가 적혀 있는 공병에 투명한 액체가 담겨 있었다. 향수 냄새가 가득했던 가게 안은 어느새 진한 꽃향기가 풍겼다.

"향 좋네."

그 향이 향수 향인지 차 향인지는 몰라도 좋았다.

곧이어 가게 주인은 차를 내왔다. 나는 고개 숙여 감사 인사를 했다. 이어진 침묵에 나는 이 자리를 피하고 싶다는 생각이 잔뜩 들었다. 나는 차를 한 모금 마신 후 입을 뗐다.

"저……. 좀 이따 향수 구경해도 되나요?"

"물론이죠."

당연하다는 듯이 웃으며 내 어깨를 톡톡- 두드렸다. 나도 같이 웃고는 대화를 이어 나갔다.

"제가 향수를 잘 모르는 데 알려주실 수 있나요? 저한테 어울릴 만한 향수를 찾고 싶어서요."

"가장 먼저 생각나는 거 있으세요? 어떤 거든 괜찮아요. 색이든, 향이든, 사람이든."

갑자기 떠올리려고 하니 당장 생각나는 것이 없었다. 그렇게 조향사분을 앞에 두고 몇 분 정도 고민해 보았다. 내가 생각해낸 것은 꿈이었다.

"꿈……."

"꿈이요?"

작게 읊조렸는데 들렸나 보다.

나는 민망해서 괜히 웃음을 지으며 말했다.

"아, 뭐 그냥 최근에 비슷한 꿈을 계속 꿔서요. 맞다. 꿈에서 익숙한 향이 나왔어요. 제가 어디선가 맡아본 향기였어요. 근데 무슨 향인지는 도저히 기억이 안 나더라고요."

"그럼 시향해 보세요. 혹시 모르잖아요? 여기서 그 향을 찾을 수 있을지."

나는 그 말에 동의했다. 어차피 못 찾아서 머리만 아플 거 뭐라도 해보는 게 낫다는 것에 말이다.

나는 흰색 선반의 첫 번째 줄부터 향을 맡아보았다. 첫 번째 줄은 대체로 비누, 섬유유연제 냄새가 났다. 뜬금없지만 그중에 하나는 내가 침대에 뿌리는 탈취제 향기랑 같았다. 하지만 내가 기억하는 향은 이런 향이 아니었다. 내가 찾는 향은 조금 달콤한데 향긋한 그런 향이었다. 두 번째 줄은 과일, 시트러스 향이었다. 이 향은 아닌 것 같아 향을 맡지도 않고 넘어갔다. 이렇게 하나하나 맡아보다가는 후각마비가 올지도 모르겠다는 생각이 들었다.

"이걸 다 시향해 보는 건 무리일 것 같은데, 혹시 달콤한 향이 나는데 향긋한 꽃향기가 나는 향수가 뭘까요?"

내 말을 듣고 가져오신 몇 가지의 향수를 맡아보았다.

첫 번째는 라즈베리 향, 두 번째는 복숭아와 약간의 장미 향이 느껴졌다.

뭔가 비슷한 것 같은데…….

세 번째 향을 맡았다. 나는 그 순간 알았다. 이것이 내가 찾던 향이라는 것을.

"이거예요! 제가 찾던 향이 딱 이거랑 같아요."

"이건 바닐라 향인데 쿨한 플로럴향이 첨가돼 있어요. 손님 말씀

대로 달콤하면서 향긋한 향기였네요."

"찾아주셔서 감사해요. 아, 이건 계산할게요."

"아, 돈은 괜찮아요, 다음에 또 와주시는 거로 해요."

나는 괜찮다며 돈을 드리려고 했지만 거절당했다. 어쩔 수 없이 감사하다는 인사를 한 후 가게를 나왔다. 가게 밖은 이미 해가 넘어가는 중이었다. 분명 점심시간에 나왔는데 순식간에 하루가 다 지나 있었다. "오늘 하루 참 길다. 평소랑 다르게 밖을 나가서 그런가."

오늘은 담당자와 회의가 있어 아침 일찍 버스를 타고 목적지로 향했다. 아침에 늦잠을 자서 머리는 젖은 채로 늘어져 있었고 옷은 아무거나 입고 나온데다 심지어 양말은 짝짝이였다. 버스 창문에 비친 그 꼴을 본 나는 기분이 좋지 않았다. 사실 아침에 일어나는 것 자체가 기분을 잡치게 했고 늦잠을 잤다는 것도, 머리를 다 말리지 못한 것도, 양말을 짝짝이를 신은 것도 다 마음에 들지 않았다.

향수라도 뿌리고 올 걸이라며. 속으로 생각했다. 왠지 모르게 그 향수를 뿌리면 행복한 기분이 들었기 때문에 오늘 같은 날에 더 생각났다.

건물에 들어가 5층을 누르고 502호 회의실로 들어갔다. 이번 신작을 담당해 주는 언니와 간단하게 스케줄 조정에 대한 이야기를 한 후 회의를 끝마쳤다. 오랜만의 회사에 나온 거라 언니랑 점심을 같이 먹기로 해 회사 옆 단골집에 갔다.

그리고 나는 거기서 그 사람을 찾은 것 같았다. 아니 찾았다.

주문을 한 후 손을 씻으러 화장실로 향하던 나에게 누군가가 부딪했다. 우선 죄송하다고 사과하려 하는데 익숙한 향기가 났다.

"괜찮으세요?"

먼저 괜찮냐고 물어봐서 고개를 들고 답했다.

"아, 네 괜찮아요. 제가 부딪힌 건데 죄송합니다."

내가 고개를 들자 그 남자의 눈동자가 흔들리는 것을 봤고 내 어깨를 잡은 손목에서 나는 향수 냄새가 내 것과 같다는 것을 알았다. 나는 별다른 말도 못하고 그 자리에 서 있었고 정신을 차려보니 남자는 이미 사라진 뒤였다.

집으로 가는 길에는 버스를 놓쳤다. 휴대폰에서는 전전이라고 되어 있어 느긋하게 걸어갔는데 횡단보도를 건너기도 전에 버스가 내 앞을 지나쳐갔다. 당황스러워 휴대폰을 봤더니 언제 데이터가 와이파이로 바뀌었던 건지 새로고침이 안 되어 있었던 것 같다. 새로고침을 누르니 제대로 된 시간표가 보였다. 오늘은 운수 나쁜 날이구나. 체념하고는 다음 버스를 기다렸다. 갑자기 어두워져서 뒤를 돌아봤더니 한 남자가 서 있었다.

"어? 아까 부딪힌 사람이시죠?"

나는 그 남자를 알아보고 말을 걸었다.

"아, 맞습니다."

그는 멋쩍은 듯 웃었다.

여전히 아까의 향수 냄새가 났다. 기분이 좋아졌다. 오늘 아침에 늦잠을 잔 거, 머리를 말리지 못하고 나온 거, 양말을 짝짝이로 신고 나온 거, 방금 버스를 놓친 것들은 아무것도 아닌 것처럼 느껴졌다.

"같아요. 향이."

"네?"

남자는 내가 무슨 말을 하는지 모르겠다는 얼굴로 나를 봤다. 나는 그의 손목을 잡아 내 코로 가져왔다.

"제가 쓰는 향수랑 향이 같아요. 달콤하면서 향기로운 향기가 기분을 좋게 만들죠."

남자는 내 말에 동의하는지 고개를 두어 번 끄덕였다. 사실 저 딴 말을 지껄인 나를 정신병자 취급하지 않은 것만으로 다행이라 생각했다. 쓰는 향수가 같다며 모르는 사람이 덥석 손을 잡고 향기를 맡는다는 게 정상적인 행동이라 생각할 사람은 아무도 없을 테니까.

타야 할 버스가 와서 일어났는데 그 사람도 뒤따라왔다.

"이 버스 타세요?"

"네."

"헐, 어디 사세요? 성운동에서 이 버스 타는 거면 신명동 말고는 잘 안 가는데……."

"저 신명동 살아요."

"대박. 저도 신명동 살아요. 앞으로 마주치면 인사해요. 아니 저희 그냥 친구 할래요?"

"몇 살인 줄 알고 그렇게 친구를 쉽게 해요."

"그런가요. 제가 너무 무례했네요. 죄송해요."

"아니에요."

남자의 표정은 좋지 않았다.

나랑 친구 하기 싫나? 하긴 나였어도 생판 모르는 사람이 부딪혀놓고는 인연이라고 하질 않나. 친구를 하자고 하질 않나.

우리는 신명동에서 같이 내렸다. 신명동에서 내리면 언덕이 하나 있다. 둘러 가는 게 힘은 덜 들지만, 언덕 면적이 꽤 넓어 훨씬 빠른 길이였다.

"언덕으로 다니세요?"

"네, 운동할 겸 해서 여기로 다녀요."

"아, 저는 다른 길이라서 여기서 이만 헤어져야겠네요."

아쉽긴 했지만 좋은 만남이었다. 또 마주칠 수 있을까? 전화번호라도 받아놓을 걸 그랬나? 아니지. 그건 번호 따는 걸로 오해했을 거야. 근데 그 남자 이름은 뭐지? 미쳤어. 이름도 안 물어봤네. 다음번에 만나면 이름부터 물어봐야지 생각했다.

오늘 향수 가게 앞을 지나가다 또 그 사람을 만났다. 이 정도면 원래 자주 스쳐 지나가 안면이 있을 텐데 서로에게 관심이 없어서 봐도 보지 못한 게 아닐까 싶었다.

"여긴 무슨 일이세요?"

"근처에 약속이 있어서요. 그쪽은……."

"전 그냥 여기가 바로 집 앞이거든요."

"아, 그렇구나. 여기 제가 자주 다니는 길인데!"

"그럼, 자주 볼 수 있겠네요. 아, 맞다. 저희 통성명도 안 한 거 아세요?"

"그랬나요? 제 이름은 수현입니다. 성은 강 씨고요."

"여기 번호 좀 주세요! 제 이름은 이루다예요."

"네."

그렇게 전화번호를 교환한 후 향수에 관해 이야기를 했다.

"혹시 그 향수 여기서 사셨어요?"

"아니요. 만든 거예요. 이 가게는 아니고 놀러 갔을 때 향수집에서 만든 거요."

"그런 거였구나. 저는 향이 같길래 저랑 같은 거 사서 쓰시는 줄 알았어요."

"그게 뭐가 중요해요, 자기가 좋아하는 향이면 되는 거지. 저는 약속 시간 다 돼서 먼저 가볼게요. 조심히 들어가세요."

"네."

나는 곧장 향수 가게로 들어갔다.

"안녕하세요."

"어서 오세요. 어머, 또 오셨군요?"

가게 주인은 나를 반기는 표정을 하며 나에게 다가왔다. 다시 느꼈지만, 이 공간은 사람에게 편안함을 주는 것 같다. 향기로운 향이 온몸을 감싸고 속까지 채우는 듯한 느낌이 들었다.

"네. 여쭤보고 싶은 게 하나 있어서요."

나는 가방을 열어 이곳에서 샀던 자그마한 향수를 꺼냈다.

"이 향이요. 직접 만드신 건가요? 아니면 시중에 파는?"

"글쎄요……. 잠시만요. 확인해 드릴게요."

몇 분 뒤 노트북을 가지고 나오셨다.

"향수 바코드 좀 다시 보여주실 수 있나요?"

나는 얼른 손에 들고 있던 향수를 조향사분께 드렸다.

그는 향수 밑에 적혀 있는 번호를 노트북에 입력한 후 글 하나를 클릭하였다.

"강수현 씨? 이분이 만드셨네요."

나는 대답을 듣고 멍한 기분이 들었다.

나는 가게에서 나오자마자 휴대폰을 켜고 수현이한테 문자를 남겼다.

- 수현 씨 꼭 물어보고 싶은 게 있어서요.

이 얘기는 만나서 하고 싶어요. 메시지 보시면 연락주세요!

하루 종일 연락을 기다렸는데 답은 오지 않았다.

근데 생각해 보니깐 이상한 점이 한둘이 아니다. 강수현이라는 이름을 어디서 들어본 것 같은 착각도 들었다. 이런 우연이 있을 수 있나? 분명 그분 폰에 나랑 이름이 같은 사람이 저장되어 있었고 향수 가게에서 글을 봤을 때 내 이름이 있었다. 내 이름이 흔하지는 않지만 그래도 만약 그냥 단순히 이름이 같은 사람일지라도 찝찝한 것은 어쩔 수 없었다.

그 순간 한 가지가 떠올랐다.

꿈

내가 꿨던 꿈에서 느껴졌던 향이잖아.

꿈에서 향은 맡지 못하고 이미 내가 알고 있던 향.

다시 생각해 보니깐 목소리도 비슷하다.

설마 내가 잃어버린 기억 속에 존재하는 사람이.

나는 수현 씨를 찾으러 가기로 했다. 어디에 사는지는 나도 모른다. 그냥 무작정 나왔다. 수현 씨를 찾는 이유는 내 기억을 되찾는다는 것이 가장 컸다. 내가 고등학생 때 어떤 삶을 살았는지 나는 모른다. 사고로 고등학생 때의 기억이 없기 때문에. 그가 내 인생을 되찾게 해줄지도 모른다. 그래서 충동적인 마음이 컸던 것 같다. 저 멀리 불 켜진 신호등을 보고 달려갔지만, 돌에 슬리퍼가 걸려 발목을 삐었다. 그래서 건너지 못했다. 우연이라는 것은 생각보다 무서운 것일지도 모른다. 그 덕에 수현 씨를 만날 수 있었다. 3초 뒤에 수현 씨가 횡단보도를 건너기 위해 신호등 앞에 섰다. 만약 내가 뛰지 않고 걸었더라면, 아니 조금만 더 빨리 뛰어 발이 걸리지 않았다면 나는 그 애보다 먼저 건널목을 건넜을 거고 만나지 못했을 것이다. 물론 나중에 물어보는 것도 방법이지. 근데 내 마음이 이렇게 시키는데 어떻게 해. 그리고 내가 보낸 문자를 봤다면 나를 만나려고 할 확률은 매우 적다는 결론을 내렸다.

"수현 씨!"

"루다 씨가 왜 여기에 계세요?"

"어……."

뭐라 답해야 할지 고민했다. 다짜고짜 나를 아냐고 물어볼 수도 없고 그렇다고 딱히 둘러댈 것도 없었다.

"집까지 데려다 드릴까요? 여기서는 좀 멀려나. 그럼 우리 집이라도 가요. 신발은 갈아신어야 할 테니."

"네? 아, 네. "

얼떨결에 강수현 집에 도착했다.

나는 아까 접질린 발목을 잡고 슬리퍼를 벗었다.

"발목 아프세요?"

"그냥 아까 뛰다가 삔 거예요. 괜찮아요"

"그래서 슬리퍼가 찢어졌던 거예요? 왜 말 안 했어요."

"쪽팔려서요."

"아픈데 쪽팔린 게 어디에 있어요. 잠시만 기다려보세요."

수현 씨는 어딘가로 향했다. 그리고 몇 분 후에 구급상자를 가지고 오면서 말했다.

"압박붕대랑 파스밖에 없어서 우선 이걸로……."

"내일도 많이 아프면 꼭 병원 가보세요. 다 됐다. 조심해서 일어나세요."

나는 수현 씨의 어깨를 잡고 조심스럽게 일어났다.

이제 뭘 해야 하지?

어떻게 하기는 뭘 어떻게 해 대화를 해야지.

"우리 집 둘러볼래요? 그리고 집은 좀 이따 해 뜨면 같이 가요. 지금은 너무 늦어서 위험할 것 같아요."

"네."

이래저래 신세를 지는 느낌이라 마음이 불편했다. 손을 만지작대니까 수현 씨가 내 옆에 앉았다. 나는 시선을 어디에 둘지 고민하다 테이블 바로 옆에 자리한 커다란 책장을 보았다.

"책이 왜 이렇게 많아?"

놀라서 마음속으로 해야 할 말을 입 밖으로 내뱉어버렸다.

"아, 제가 책 읽는 걸 조금 좋아해요. 루다 씨는요?"

"저도 좋아해요.

책 읽는 데에는 아무 생각을 하지 않아도 되니까 좋아해요."

차마 내가 글을 쓴다고는 말을 못 했다.

그렇게 별거 없는 시시닥거리를 했다.

나는 얘기하는 도중 앨범이 하나 눈에 보였다. 수현 씨의 고등학교 졸업앨범이었다.

- 별빛 고등학교 -

저건 분명 내가 다니던 고등학교 이름이다.

내가 다른 곳에 정신이 팔린 것을 알아챘는지 수현 씨는 내 눈이 향한 곳을 쳐다보았다.

"졸업앨범인데 구경하실래요?"

"네."

나는 망설임 없이 답했다. 그는 나를 아는 것 같은데 모르는 척하는 것이 왜인지 조금 궁금해졌다.

첫째 장을 넘기니 교장 선생님의 사진과 함께 형식적인 글이 있었다.

- 강석수,

사랑하는 별빛 고등학교 학생들의 미래를 항상 응원합니다.

학교 교문에 항상 걸려 있던 문구였다. 아마 지금도 걸려 있을것이다.

다음 장을 넘기니 교감 선생님과 함께 전 교직원들의 사진이 붙어 있었다. 나는 기억이 나지 않지만 왜인지 익숙한 느낌이 드는 사람들이었다.

한 장을 더 넘기니 전교 회장, 부회장이라는 이름으로 수현 씨가 있었다.

"전교 회장이셨어요?"

"네. 3학년 때 운 좋게요."

"그럼, 저는 못 봤네요."

"네? 혹시 기억나요?"

"저도 제가 다닌 학교 정도는 알거든요."

"왜 말 안 했어요."

"방금 졸업앨범 보고 알았는데 어떻게 말해요."

"아."

그는 멍한 표정으로 허공을 응시했다. 나한테 물어볼 게 많아 보이는데 그건 나도 마찬가지다. 아니. 당연히 내가 물어볼 게 더 많다.

"저랑 친하셨어요?"

"친하다는 기준이 뭘까요."

"글쎄요. 수현 씨는 저랑 친했다고 생각하세요?"

그는 한참을 고민하다 짧게 대답했다.

"네."

"그럼 알려줄 수 있어요?"

"그럼, 저희 가볼래요?"

우리는 그 새벽에 우리의 모교, 별빛 고등학교를 찾아갔다.

수현 씨가 운전해 준 덕분에 편하게 갈 수 있었다.

"우리 여기 넘어야 할 거 같은데 발목 괜찮아요?"

당연히 교문의 철장이 잠겨 있었다. 생각보다 높아서 넘어가기에는 무리가 있을 것 같았다.

"혹시 거기 아직 열려 있을까요? 학교 뒷문으로 가면 갈 수 있는 정자 뒤편에 작은 문 같은 거 있잖아요."

"그건 기억하네요? 한번 가볼까요?"

다행히 열려 있었다. 나랑 수현 씨는 새벽공기를 느끼며 잔디가 깔린 정원을 걸어 정자에 도착했다.

"옛날이랑 색이 바뀌었네."

"맞아요. 작년에 학교 리모델링하면서 바뀌었다고 들었어요. 궁금해서 와본 적이 있거든요."

"그럼, 이제 제 얘기 들으실 준비 된 거죠?"

"네, 얼른 해줘요. 궁금해요."

졸업 앨범을 앞에 두고 다시 첫 장부터 넘겼다.

03

고등학교 2학년 여름의 시작 6월, 그게 첫 만남이었다.

전학생이라며 담임과 함께 여자애가 한 명 들어왔다. 작은 키에 자기 몸만 한 가방을 메고선 자기소개를 하기 시작했다.

"안녕. 나는……."

"떨지 말고 천천히 해보자, 친구들 보고."

"네! 내 이름은 루다야, 이루다. 서울에서 전학 왔고 잘 부탁해!"

그게 처음이었다. 만화나 드라마에서나 볼 법한 외모였다. 평범해 보일지도 모르지만 귀여운 외모를 가졌었다. 흑발에 눈동자는 투명한 갈색이었다. 그 와중에 머리는 염색을 한 건지 뿌리에는 갈색빛이 돌았다. 전학 첫날이라 규정을 신경 쓴 건지 화장기 하나 없는 얼굴이었지만 그래도 예뻤다. 교복을 아직 못 받았는지 사복을 입었었다. 6월, 더운 날씨에 그 애는 긴 청바지에 긴 흰색 셔츠를 입었다. 그 위에 자기 것이라 믿기 힘들 정도로 크고 긴 회색 후드집업까지 입고 왔다.

'더위를 많이 안 타나?'

그냥 그렇게 속으로 생각했다.

"루다는 저기 연이 옆에 가서 앉자,"

"네."

맨 뒷자리에 앉았던 그 애를 보기 위해 여러 번 고개를 돌렸다. 그러다 눈이 마주쳤다. 당황해서 눈을 피했다. 확인하려고 다시 고개를 돌렸는데 그 애는 계속해서 나를 보고 있었다. 눈을 맞추더니 그 애는 나를 향해 웃어줬다. 그래서 나도 어색한 웃음을 지었다.

그 눈웃음에 반했던 걸까? 아니면 문을 열고 들어옴과 동시에 사랑에 빠졌던 걸까?

그렇게 나에게도 첫사랑이라는 게 생겼다.

오늘은 후문에서 이루다랑 마주쳤다.

"너 거기서 뭐해?"

"어?"

"헐, 뒤에 뭐야? 고양이야?"

"응. 고양이 좋아해?"

"응, 엄청."

순간 좋아하는 대상이 나였으면 좋겠다는 생각까지 했다.

그렇게 점심시간이 끝날 때 동안 우리는 같이 고양이를 봤다.

"이거 비밀로 해야 한다."

너는 내 말에 대답을 안 하고 그냥 교실로 갔다.

나는 그런 너의 뒤에서 조용히 걸었다.

나는 매일 아침 일찍 등교했다. 지각이 잦았던 나에게는 있을 수 없는 일이었다. 원래 같으면 아무도 없을 교실에 두 명이 그 공간을 채웠다.

복도 창문으로 보이는 너를 보고 빠르게 뒷문으로 달려가 문을 열었다. 그러고는 그 애 자리 앞으로 가서 앉았다.

"너 일찍 등교한다. 오늘은 내가 빨리 왔다고 생각했는데."

"일찍 오는 게 좋아서."

나는 매일 아침에 루다랑 같이 공부했다.

"너 공부 되게 잘하나 보다."

"잘한다기보다는 열심히 하는 편이야."

내 말에 대답하는 것 외에는 아무 말도 하지 않았다. 나에게 먼저 말을 거는 일은 없었다. 그래도 좋았다. 같은 공간에 둘만 있다는 사실이, 그리고 평소와는 조금 다른 꾸밈없는 목소리를 들을 수 있는 것까지.

04

사실 나는 전학을 바라지 않았다. 그래도 시간은 내가 멈출 수 있는 것이 아니었고, 시간대로 흘러 오지 않기만을 빌었던 전학 날이 왔다. 고작 일주일 학교 쉰 것 가지고 아침에 일어나는 것이 힘들었다. 일어나 샤워를 하는데 검정색 물이 빠졌다. 염색한 지 이틀밖에 되지 않았는데 벌써 색이 많이 빠진 것 같다. 머리끝과 뿌리는 거의 갈색과 마찬가지였다. 그래도 이번 달만 염색하고 다닐 거라 괜찮다. 교복이 없으니깐 입을만한 옷을 옷장에서 몇 개 꺼내 봤다. 어차피 나에게 선택지는 몇 없다. 그냥 무난하게 긴 청바지와 긴 티를 입기로 했다. 더워도 어쩔 수 없다. 내 몸의 멍과 상처를 보여주고 싶지는 않았다.

학교에 일찍 도착해 교무실로 향했다. 선생님이 기다리고 계셨다. 나는 십여 분 동안 선생님과 이야기를 나눴다. 전학 온 기분이 어떠냐는 물음에 조금 떨리지만 기대된다고 답했다. 전학온 이유를 묻는 물음에 나는 별 얘기 하지 않았다. 그냥 이사 때문에 온 건데 친구를 사귈지 있을지에 대한 걱정이 있다는 얘기나 했다. 사실 그런 쓸데

없는 것에는 관심 없는데 말이지.

교실에 들어가니 졸던 애들이 일어나 나를 쳐다봤다.

'부담스러워⋯⋯.'

나는 최대한 밝게 인사했다. 그리고 가장 뒷자리로 가서 앉았다. 짝의 이름은 연이었고 하연이로 이까지가 이름이라며 나에게 강조하듯 말했다. 애들의 질문도 모두 받아주고 전학 와서 너무 좋다고, 너네 너무 재밌고 반겨줘서 고맙다고 말했다. 거짓말은 아니었다. 전학을 온 건 싫었지만 오랜만에 느끼는 활기찬 기운이 나를 힘 나게 해줬다. 그때 앞자리에서 졸던 남자애가 나에게로 다가왔다. 아까 수업시간에 나랑 눈이 마주쳤던 애였다. 교복도 제대로 입고 있지 않고, 명찰이 없어 이름도 볼 수 없었다. 걔는 의자를 끌고. 와 나를 보고 앉았다. 그러면서 과학 졸리지 않냐며 대뜸 물었다. 그냥 재밌다고 답했다. 그랬더니 너 진짜 이상해라고 했다.

나는 전학 첫날, 그때부터 그 애랑 거리를 두기로 마음먹었다. 나보고 이상하다고 말을 한 것 때문은 아니었다. 연이가 말하길 흔히 말해 일진인데 나한테 말하는 걸 보고 아무래도 찍힌 것 같다고 온갖 호들갑을 다 떨었다. 뭐 찍히든 말든 딱히 내 알 바가 아니기는 하지만 뭐든 조심하는 게 좋으니까.

점심시간에 남자애들과 함께 떼로 나갔던 강수현은 뒷문 풀숲에 있었다. 그걸 발견한 나와 그런 나를 발견한 너는 서로 놀랐다. 보니 걔는 고양이를 보고 있었다. 나는 할 것도 없고 시끄러운 교실에 돌아가기는 싫어서 그냥 같이 고양이 재롱 떠는 걸 구경했다. 종이 치자 자리에서 일어나 교실로 가려 했다. 그러자 강수현은 오늘 본 것을 소문내지 말라고 말했다. 나는 소문낼 생각조차 없었고 그 애가 뭘 하는지 딱히 궁금하지 않았다. 담배를 피우고 있었어도 아무 말 하지 않았을 것이다. 엮일 마음은 눈곱만큼도 없었으니까.

강수현은 내가 혹시 말할까 봐 걱정이 된 건지 아침마다 일찍 등교했다. 매일 초코우유를 사서 등교하던 너는 그 초코우유를 나에게 줬다. 나는 단 걸 안 좋아한다고 말했다. 그런데도 너는 매일 초코우유를 사 왔다. 매번 거절했다. 나는 궁금했다. 그래서 나의 거절에도 매일 내 손에 초코우유를 쥐여주던 너에게 물었다.

"이거 그만 사와. 왜 자꾸 주는 거야?"

"헐, 너 지금 나한테 먼저 말 건 거야? 대박."

내가 먼저 말 건 게 뭐가 그렇게 대단한 일이라고 신난다는 표정으로 웃어댔다. 도대체 뭐가 웃긴 걸까. 이해할 수 없어서 그냥 무시하려고 애썼다.

"초코우유 싫어해?"

"어, 싫어. 그리고 너도 싫어."

"얼굴은 예쁜데 싸가지는 없네. 나한테만 없는 건가?"

봐봐 내가 왜 사 오는지에 대한 물음에는 답도 안 하고 자기 할 말만 하는데 이건 네가 싸가지 없는 거지. 라는 말이 턱 끝까지 올라왔지만, 그냥 참았다.

어제 이후론 수현이 손에 초코우유는 들려 있지 않았다. 그래도 빠짐없이 일찍 등교해 내 옆자리에 앉았다. 어김없이 펼쳐진 영어단어장은 며칠 전이랑 같은 페이지에 머물러 있었다. 그 와중에 꾸벅꾸벅 조는 네 모습은 제법 웃겼다. 이럴 거면 왜 굳이 힘들게 학교에 일찍 오는 건지, 단어장을 펼쳐놓고 조는 건지 의문이었다. 그 시간에 조금 더 자고 오는 게 훨씬 좋은 방법 아닐까 싶었다.

"야, 너 일어나."

"으응."

졸다가 깬 너는 비몽사몽인 표정으로 나를 쳐다봤다.

"공부 안 할 거면 네 자리로 가줄래?"

"공부할 거야."

누가 봐도 어색하게 영어를 읽는 너를 오랫동안 쳐다봤다. 내 시선을 무시하려는 네가 보였다. 일진이라 하더니 그냥 자기만의 세상이 있는 아이 같아 보였다. 나보다 자유로워 보여서 부럽기도 했다.

"너 공부 못하지."

"응, 못해."

"자랑이다."

너는 내 말에 어이없다는 듯 웃었다.

"그럼 알려줘. 공부."

"뭐? 내가 왜? 내 공부하기도 바빠."

거짓말을 했다. 사실 내 공부하기에 딱히 바쁘지 않다. 작년에도 같은 반 학생 두 명의 어머니께서 과외를 요청하셔서 두 친구를 가르쳤고 그와 동시에 전교 1등을 할 정도로 학업에 충실했다. 학기 중간에 전학 와서 친구들이랑 친해지기도 쉽지 않은데 애들한테 언제나 인기 많은 애랑 친해진다면 내 학교생활이 조금은 더 편해지지 않겠냐는 생각까지도 들었다. 하지만 결론적으로 강수현 과외라면 재미있을 것 같았다.

왜 그런지는 모르겠지만 너랑 같이 있으면 어딘가 편해지는 듯한 느낌을 받는다. 그저 아무 얘기를 나누지 않아도 네가 옆에 있는 것만으로 덜 외롭다.

"아 그렇지. 공부하기 바쁘겠구나……."

"그럼 혹시 이거 어떻게 푸는지 알려줄 수 있어?"

나에게 물어보겠다고 가져온 문제는 수학 교과서 개념 문제였다. 얘 수학 수업 시간에 자지는 않던데 도대체 뭘 한 거길래 이걸 몰라?

다음 날에도 어김없이 나에게 세 문제를 물어봤다.

그다음 날에도.

그다음 날에도.

그렇게 매일 반복되었다. 한 달 동안.

한 달이라는 시간이 어쩌면 긴 시간일지도 모른다. 하루도 빠짐없이 나에게 세 문제를 물어봤고 그 질문의 수준은 점점 높아지는 게, 수학 실력이 느는 게 내 눈에도 보였다. 공식조차 모르던 너는 쉬운 문제긴 해도 공식을 적용해가며 문제를 풀어갔다. 그렇게 답지를 보고 채점을 하는 너는 틀렸다며 속상해했지만 곧이어 다시 풀어 맞춘 후 기뻐하는 얼굴을 했다.

어느새 1학기의 마지막과 같은 기말고사가 하루 앞으로 다가왔다.

나는 그날따라 몸이 안 좋아 야자를 빼고 집으로 갔다. 집으로 가는 길에 문자 한 통이 왔다.

- 이루다 시험 잘 봐!
오늘 몸 안 좋아 보이던데 가방에 약 넣어놨으니깐 꼭 챙겨 먹고 일찍 자.

문자로도 느껴지는 너의 밝은 에너지에도 아팠던 머리도 다 나은 것 같았다. 나도 진심을 담아 문자를 보냈다.

- 너도 시험 잘 쳐. 단어 열심히 외웠고 내가 본문 문법도 다 알려 줬으니깐 잘 칠 거라 믿을게. 그리고 매일 나한테 수학 문제 3문제씩 물어봤잖아 그거 엄청 사소해 보여도 엄청 노력해야 되는 거야. 내일 학교에서 보자, 시험이라고 늦게 오는 거 없기야.

내가 보낸 문자를 보고 수현이랑 많이 친해진 것 같은 나 자신에 조금 놀랐다. 이렇게까지 친해질 생각은 없었는데 말이지.

그렇게 시험 첫날이 되었고 나는 언제나 그랬듯이 풀리지 않는 문제 없이 시험을 치렀다. 두 번째 날도, 세 번째 날도. 그렇게 눈 깜짝할 사이에 3일이 흘러 시험이 끝났다는 자유를 느끼고 있었다. 두 번째 날에 갑자기 컨디션이 안 좋아져서 실수를 많이 한 것이 걱정되긴 했지만 이미 지나간 걸 어떻게 하겠냐는 생각으로 금방 잊었다.

"이루다, 나 자랑할 거 있어. 오늘 나랑 점심 먹으러 가자."

"그래."

밥 먹으러 오자 해서 왔더니 밥 먹는 내내 나만 쳐다보면서 실실 쪼개는 게 퍽 재수 없었다.

"너 그만 웃고 밥이나 먹어. 왜 자꾸 사람 얼굴 보고 웃어 기분 나쁘게."

"아, 미안 네가 너무 귀여운 걸 어떻게 해."

갑자기 훅 들어와서 놀랐다.

애써 태연한 척 아까 자랑하고 싶다는 게 뭐냐고 물었다.

"나 수학 70점이야. 영어도 78점!"

"뭐? 장하다, 내 새끼."

저번 중간고사까지만 해도 수학은 30점에 영어는 14점이었다. 난생처음 보는 처참한 점수를 믿을 수 없었는데 두 달 만에 꽤 드라마틱한 성적을 올린 강수현이 왠지 모르게 너무 자랑스럽고 대견했다.

"나 잘했지? 그럼 소원 하나만 들어줘."

"그래 소원이 뭔데?"

"나중에 알려줄게."

우리는 동아리에서 다시 만났다. 시험이 끝나고 방학을 몇주 남겨 둔 시점이라 동아리 활동이 많았다. 나는 전학 첫날 신청한 문예 창작동아리로 향했다. 공지를 안 줘서 어떤 교실로 가야 하는지 몰라 교무실로 발걸음을 돌렸다.

"어, 이루다 어디 가?"

나를 발견한 수현이가 내 쪽으로 걸어왔다.

"나 동아리 교실을 못 찾아서 쌤한테 물어보려고."

"무슨 동아린데?"

"문예 창작동아리. 너는?"

"헐 나돈데? 같이 가자. 너 어딘지 모른다고 했잖아."

"그래."

우리는 같이 별관에 있는 동아리방으로 갔다. 별관에 동아리방이 있다는 것을 처음 알게 되었다. 드라마 같은 곳에서만 보던 동아리 방을 직접 보니 신기했다.

"안녕하세요. 선생님! 저 전학 오고 첫 동아린데 어떤 걸 해야 하나요?"

"강 선생이 말해 준 전학생이구나?"

"네."

"오늘은 각자 써 온 단편 소설 마무리하고 발표하는 날인데, 써 온 게 없을 테니 애들한테 준 주제 그대로 한번 써볼래?"

"네, 좋아요."

그렇게 선생님이 주신 종이를 받아들고 강수현 옆자리에 앉았다. 그리고 받은 종이를 찬찬히 읽었다. 주제는 첫사랑이었고 나는 한 시간 안에 완성하겠다는 마음으로 키보드에 손을 올렸다. 다들 글을 수정하느라 집중한 교실에는 사각사각 연필 소리와 타닥타닥 키보드 소리만이 교실을 채웠다.

"다 썼다."

최소 분량인 2천 자를 넘기고 3천 자 후반쯤 쓰니 내가 쓰고자 하는 이야기가 끝났다. 나는 뿌듯한 마음이 들어 선생님께 가져갔다. 선생님도 내 글을 보고 마음에 드셨는지 보내줄 수 있냐고 물으셨고 나는 당연히 된다며 활짝 웃었다.

이제 남은 3시간 동안 서로 바꿔가며 읽고 피드백 주는 활동을 했다. 피드백 받은 종이를 받았는데 다들 내 글을 칭찬해 주었다. 난 기분이 너무 좋았다. 그중에서도 가장 좋았던 건 강수현이 남긴 그림이었다. 고양이라며 그린 것 같은데 이건 뭐 형체를 알아보기 힘들 정도였다. 그래서인지 너무 귀엽고 웃겼다.

"내일 방학식인데 뭐해?"

"일찍 마치니깐 독서실 가야지."

"나랑 놀자. 소원권 이걸로 쓸게?"

"뭐?"

"알겠어! 노는 걸로 알고 있을게."

자기 마음대로 할 거면 왜 물어본 거야. 어이가 없었지만 오랜만에 놀 생각에 마음이 조금 들떴다.

그렇게 한 학기의 끝, 여름의 절정인 방학식이 되었다.

"야, 이루다! 같이 가!"

너는 복도에서 나를 크게 불렀다. 그리고 뛰어왔다. 그러다 문을 열고 나오던 선생님이랑 부딪힌 너는 넘어졌다. 자기 앞을 보고 걸어야지 나를 보고 뛰어오면 어떻게 하나. 나는 그 자리에 서서 네가 선생님에 의해 교무실로 끌려 들어가는 걸 보고만 있었다.

'아, 진짜 강수현 바보.'

나는 휴대폰을 켜고 메시지를 하나 보냈다.

- 바보냐? 앞을 보고 뛰어야지, 왜 나를 보고 뛰냐.

교문 앞에서 기다릴 게 빨리 와. 더워.

천천히 교문으로 걸어갔다. 방학식 날 강수현이랑 논다라.

매일 지겹도록 본 얼굴인데 오늘만은 아니었다.

"야, 이루다 좀 멈춰봐."

"어휴."

나는 걷던 발걸음을 멈추고 뒤돌았다.

뭐가 좋은 건지 실실 웃으며 뛰어오는 네가 보였다.

"교문 앞으로 오라더니 왜 아직 운동장이야?"

"너 생각해서 천천히 걸어가 줬는데 말이 많아."

"아, 미안……."

잘못한 것도 없는데 넌 또 뭐가 미안하다고 사과하는 건지 아니꼬
운 말투로 대답한 게 미안해질 정도였다.

"그래서 오늘 뭐 할 거야? 계획도 없고 그런 건 아니지?"

당황한 표정을 한 너는 누가 봐도 얼굴에 계획 없음이 적혀 있었다.

애초에 계획이 있을 거라고는 생각하지 않았기에 괜찮았다.

"하, 됐어. 내가 너한테 뭘 바라냐?"

"아, 아니야 계획 있어. 배고파? 뭐 먹으러 갈래?"

나는 필사적으로 웃음을 참았지만 참을 수 없었다.

"아, 왜 이렇게 웃기냐. 배 안 고프니깐 그냥 카페나 가자. 나 어차피 해지면 독서실 가야 해. 그니깐 독서실 근처 카페로 가도 되지?"

"아니, 안 되는데?"

"응?"

"오늘 하루 종일 나랑 놀아야 해. 네가 놀아준다고 했잖아."

"그건 맞는데."

"응 그럼 나 따라와. 손!"

"손은 뭔 손이야. 사귀냐?"

"사귈래?"

"됐거든."

수현이의 손에 이끌려 들어간 곳은 다름 아닌 사진관이었다.

사진 찍어야 하는 일도 없는데 여길 왜 왔는지 궁금해서 물어봤다.

"여기는 왜?"

"증명사진 찍자. 나 막 방학식 같은 날 교복 입고 오는 거 처음이거든."

"그게 뭔 상관이야."

"아저씨! 저희 두 명 증명사진 찍으러 왔어요."

아니 저기 내 말에 대답 먼저 해줘야지.

얼떨결에 의자에 앉은 나는 옆에 거울을 보며 머리를 정리했다. 방학식이라 화장을 해서 다행이라는 생각뿐이었다.

"학생! 거울 그만 보시고 여기 보고 살짝만 웃어볼까?"

나는 어색한 미소를 지어보았다. 내가 생각해도 어색한 것이 느껴졌는데 강수현 눈에는 얼마나 웃겨 보였을까.

"조금만 자연스럽게 웃어주세요."

그 말을 들은 강수현은 사진사 아저씨 뒤에서 이상한 표정을 지었다. 아놔 쟤를 어쩌면 좋냐.

"좋아요, 좋아. 이제 남학생 찍으면 될 것 같아요."

"네."

나는 옆에 모니터를 봤다. 잘생기기는 더럽게 잘생겼네. 평소에는 몰랐는데 사진을 보니깐 알겠다. 학교에서 왜 그렇게 인기가 많은 건지. 찍은 사진을 받은 우리는 한 장씩 교환했다. 그리고 교환한 증명사진을 서로의 핸드폰 케이스 뒤에 넣었다. 너는 만족한 듯한 웃음을 지었다. 놀리고 싶어서 괜히 시비를 걸듯이 말했다.

"좋냐?"

"응, 좋아."

우리의 다음 행선지는 노래방이었다. 사실 너무 더워서 시원한 곳을 찾아 들어온 곳이었지만.

"와, 오늘 너무 덥다, 그치 루다야?"

"응, 덥네."

우리는 앉아서 잠깐 쉬었다. 너무 더워서 말을 하기조차 귀찮아졌다.

"너부터 불러. 나 너무 더워서 아무것도 못하겠어."

"그래 뭐 듣고 싶은 거 있어?"

"없어 그런 거."

그럼 노래방에는 왜 온 거냐는 둥 투덜거리는 너는 노래 한 곡을 골라 시작했다. 요즘 노래를 잘 모르는 나는 네가 선곡한 곡을 몰랐다.

노래를 부르는 너는 의외였다. 목소리는 좋아도 장난기가 많아 잘 부를 거라는 상상은……. 뭐 상상 정도는 되려나? 하여튼 내가 생각했던 거와는 달랐다. 노래를 부르는 너의 목소리에 집중했다. 무슨 노래인지는 몰라도 요즘 나오는 노래의 되도 않는 가사나 보기 안 좋은 가사는 없었고 노래 또한 복잡하고 난잡한 노래가 아니여서 듣기 좋았다. 어쩌면 그냥 강수현이 부르는 것이라 좋았던 것일지도 모른다.

"너는 안 불러?"

세 곡 정도 부른 후 나에게 물었다.

"응, 나 노래 부르는 거 시끄러워서 안 좋아해. 그래서 노래방도 잘 안 와."

"못 부르는 건 아니고?"

그 말에 자존심이 스크래치 난 것 같았다. 부르기 싫었는데 못 부르는 거 아니냐는 말이 뭐가 그렇게 나의 욕구를 자극했는지 강수현 손에 있던 리모컨을 빼앗아 노래 하나를 선곡했다.

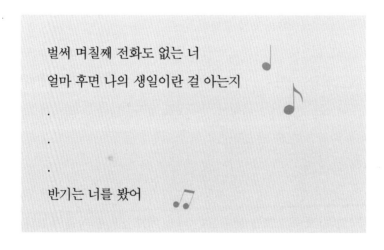

벌써 며칠째 전화도 없는 너
얼마 후면 나의 생일이란 걸 아는지

.
.
.

반기는 너를 봤어

남자 파트가 나오자 너는 내 마이크를 잡고 노래했다.

사실은 말이야 나 많이 고민했어

네게 아무것도 해줄 수 없는걸

.

.

.

이런 나라도 받아 줄래

듀엣 파트가 나오자 한 마이크에 둘이 부르는 꼴이 되었다. 나는 그 모습이 모니터에 비친 것을 보고 웃겨서 마이크에서 손을 뗐다.

노래방을 나오니 5시쯤 되었다.

"점심도 안 먹었는데 지금 저녁 먹을래?"

"그래, 뭐 먹고 싶은 거 있어 루다야?"

"그 이름 성 빼고 부르는 것 좀 그만해. 징그러워."

"싫은데. 루다야, 뭐 먹을래?"

누가 널 말리겠냐.

"저기 앞에 일식집 갈까?"

"좋아."

그렇게 바로 앞에 있는 텐동집에 들어가서 저녁을 먹었다.

"기다려봐. 사진 좀 찍고."

"인스타 올리려고?"

"응. 너 태그해도 되는 거지?"

"맘대로 해. 어차피 나 인스타 잘 안 하잖아."

고정관념 같을 수는 있는데 일반적인 남녀의 대화라기에는 조금 바뀐 듯한 대화였다. 저녁을 먹고 나오니 벌써 해가 지려는 듯한 하늘이 보였다. 여름인데 해가 왜 이렇게 빨리지나 생각했는데 시계를 보니 7시가 조금 안 되는 시간이었다.

"이제 카페 갈까?"

"그래."

우리는 바로 옆 건물에 있는 카페에 들어갔다.

"주문 도와드리겠습니다."

"아이스 초코 한 잔이랑 잠시만요. 이루다, 뭐 먹을래?"

"나 아이스티. 자리 맡아놓을게."

"아이스 초코 한 잔이랑 복숭아 아이스티 한 잔 주세요."

"네, 결제 도와드리겠습니다. 앞쪽에 카드 꽂아주세요."

수현이는 주문한 음료가 나올 때까지 카운터 앞에서 기다렸다. 카운터 앞에서 서성서리는 너와 눈이 마주쳤다. 나는 입 모양으로 안 와? 라고 물었다. 돌아오는 입 모양은 기다려였고 나는 휴대폰을 하며 기다렸다.

"아!"

나는 맞은 이마를 잡느라 휴대폰을 놓쳤다, 그리고 나를 때린 강수현을 보기 위해 고개를 들었다. 짜증 나게 웃고 있는 게 마음에 들지 않아 떨어뜨린 휴대폰을 주워 머리에 때리는 시늉을 했다. 사실 실제로 때리긴 했는데 그건 뭐 중요한 게 아니니까.

"뭐 하는 거야? 갑자기 딱밤을 왜 때려."

"응, 내가 왔는데 안 봐주길래 한번 때려봤어. 아프냐?"

"그럼, 맞았는데 안 아프겠어?"

"미안."

미안하다고는 했지만, 웃음기 가득한 얼굴로 나를 쳐다봤다.

됐어 네 사과는 진심이 하나도 안 느껴진다. 나는 음료를 마셨다. 딱히 할 말이 없어 서로 아무 말도 못했다. 그럼에도 어색하지 않았다.

"다 마시고 어디 갈까?"

"가기는 어디를 가. 집 가야지."

"뭐야, 나 놀아준다면서 벌써 집에를 가?"

"벌써가 아니라 지금 7시가 넘었거든요? 마시고 나가면 해 다 져 있을 텐데 어디를 가. 너 때문에 오늘 독서실도 못 갔거든?"

굳이 너 때문에를 강조해서 말했다.

"미안 그럼 집 데려다줄게."

"누구 마음대로 데려다주냐?"

데려다준다는 말이 좋았지만 안 좋은 척 한번 튕겨봤다. 그러자 물에 젖은 강아지처럼 시무룩해지는 너의 모습이 나름 귀여워 보였다. 미친 귀여워 보였다고? 혼자 그렇게 생각한 나 자신이 오글거려서 미칠 것 같았다.

카페를 나서서 우리 집으로 향했다. 고작 10분거리였지만 데려다줄 수 있어서 신난다며 조잘대는 너는 정말 10분 동안 몇초의 텀도 말을 했다. 하루종일 같이 있었는데 할 말이 뭐가 그렇게 많은 건지 질문은 또 왜 그렇게 많은 건지 궁금했다.

"다 왔다. 잘가."

"그래, 내일 보자."

"그래."

잠깐 내일 나를 왜 봐? 나는 다시 뒤돌아 아직 나를 보고 있는 수현이에게 물었다.

"내일 왜 봐?"

"내일부터 네가 다니는 독서실 끊을 거야. 너 만나려면 거기말곤 답이 없겠다 싶어서."

"내 공부에 방해만 되지 말아줘."

그렇게 잘 가라는 손 인사까지 마친 후 나는 놀이터로 향했다.

집에 들어가봤자 반겨주는 이 하나 없는데 지금 들어가서 뭐 하냐는 생각이었다. 아닌가, 지금 들어가면 아빠 있으려나. 그럼 뭐해. 또 술에 취해서 있을 텐데. 아무 생각 없이 그네를 탔다. 그러자 누가 뒤에서 그네를 쎄게 밀었다.

"뭐야?"

그네를 밀었던 건 다름 아닌 수현이였다.

"집에 안 들어가고 여기서 뭐 해."

"집 들어가기 싫어서 그냥 그네 좀 탔어."

"그래? 잘됐다. 나도 들어가기 싫어서 다시 왔어."

우리는 십분간 아무 말 없이 앉아 있었다. 네가 이렇게까지 조용한 것도 처음인 것 같았다. 무슨 말이라도 해야겠다 싶어서 진짜 아무말을 꺼냈다.

"너는 내가 왜 좋아?"

내가 말하고도 아차싶었다.

"어?"

네 표정은 누가 봐도 당황스럽다는 표정이었다.

"설마 네가 나를 좋아하는 걸 몰랐을 거다 뭐 그런 거 아니지? 그렇게 티가 나는데 아니지?"

맞네 맞아. 아무말도 못하고 고개를 돌리는 너는 진짜 아무것도 몰랐구나. 공부만 못하는 게 아니였어.

"그래서 내가 왜 좋아."

"내 첫사랑이니까."

나는 수현이의 말을 이해하지 못했다. 분명 연애를 많이 해봤을 텐데 첫사랑이라는 게 무슨 말일까?

"전학 첫날부터 첫눈에 반했어. 화장하지 않았는데도 하얀 피부, 진한 쌍꺼풀과 큰 눈, 연한 분홍색의 볼과 입술에."

내가 물어봤지만 너의 대답에 나는 되려 당황했다.

"너는? 너는 나 좋아해?"

너와 놀러간다는 것에 설렜고, 너와 노는 내내 즐거웠고, 네가 귀여워 보였다. 무엇보다 이젠 네가 내 옆에 있지 않으면 허전할 것 같다. 그렇다면 이건 좋아하는 거겠지?

"좋아해, 나도."

"그럼 사귈래?"

"그래."

너무 갑작스럽게 들어온 고백, 연애의 시작. 가슴이 두근거렸다. 사실 오늘은 나의 작은 일탈을 한 날이었다. 학교가 일찍 끝나면, 야자가 없는 날이면 독서실에 가기. 혼자 세운 규칙이었지만 처음으로 무너졌다.

방학 D+1, 개학 D-18

AM 9시, 나는 알림 소리에 일어났고 독서실로 향할 준비를 했다. 나갈 채비를 마친 후면 벨 소리가 들렸다.

"강수현 일어났네?"

"하아……. 방학 첫날부터 독서실을."

"오기 싫으면 오지 마. 아무도 너한테 오라고 안 해."

"아니 당연히! 방학 첫날부터 독서실을 가야 한다고 말하려던 거였어."

"그래, 일단 지금 일어났을 테니까 늦게 오는 거로 알고 있을게. 어차피 너 독서실 자리 없을 테니깐 자리라도 맡아줘? 말아?"

"맡아줘. 금방 갈게."

말만 잘하지 말만. 독서실 간판이 보이는 신호등 앞에 서서 신호를 기다리는 데 알림 하나가 떴다.

- 누군가 스토리에 회원님을 태그했습니다.

누군지 확인하려고 인스타를 들어갔는데 나를 태그한 사람은 수현이었다. 근데 이 스토리 뭐야? 나를 찍었네? 그제야 건너편에 있는 강수현이 눈에 보였다. 신호가 바뀌고 나를 향해 달려오는 수현을 피했다.

"어?"

- 쿠당탕

어휴 자기 발에 걸려서 넘어진 저 바보를 어떻게 하면 좋아. 나는 뒤돌아 강수현의 팔을 끌어올려 일으켜 세웠다. 그러고는 3초밖에 남지 않은 신호등을 보고 손을 가로채어 잡고 뛰었다.

"바보냐? 누가 횡단보도에서 뛰래."

"우리도 방금 뛰었는데."

"방금은 신호등 때문이잖아."

단호한 말투로 말했더니 내 말에 동의한다는 듯이 고개를 끄덕였다.

"자."

빨대가 꽂힌 초코우유를 내 입에 갖다 댔다. 아니 내가 어린애도 아니고 왜 자꾸 초코우유를 사오는 거야.

"내가 어린애냐? 이런 거 그만 사와."

"네네 알겠어요. 이제 들어갈까? 덥다."

우리는 독서실 안으로 들어갔고 강수현은 내 옆자리로 3주권을 끊었다. 공부를 안 하던 애가 3주를 버틸 수 있을까 궁금했다. 작심삼일이라는 말이 있듯이 4일만 나와도 충분히 칭찬해 줄 것이다.

나는 가방에서 가져온 책들을 꺼내어 책상 위에 올려두었다. 공부를 시작하기 위해 머리를 묶고 필통에서 샤프 하나를 꺼내 들었다. 평소대로 머리도 깰 겸 비문학을 먼저 풀었다. 비문학 지문을 읽다가 옆에서 단어를 외우는 너를 발견했다. 아무래도 공부할 거리가 없어 보였다.

"너 영어 단어 책 말고 다른 건 없어?"

"응. 공부를 안 하는데 문제집 같은 게 있을 리가 없잖아."

"야, 핸드폰이랑 지갑 챙겨. 나갔다 오자."

"헐, 나랑 서점 데이트 해주는 거야?"

"서점 데이트 좋아하시네. 어떻게 공부한다는 애가 단어장만 들고 오냐?"

"그렇지만 뭘 사야 할지 몰라서 그냥 단어장만 사 왔어. 나중에 친구들한테 문제집 추천받아서 사려고 했지."

"혼자 서점 갔어?"

"응."

혼자 서점에 가서 어떤 것을 사야 할까 고민하는 수현이 모습이 그려져 나도 모르게 웃음이 새어 나왔다.

귀여웠겠네…….

"뭐? 나 귀엽냐."

수현이의 말을 가볍게 무시하고 먼저 독서실 밖으로 뛰쳐나왔다. 뒤를 돌아보니 급하게 지갑을 챙기고 뛰어오는 네가 보였다.

우리는 책을 사러 서점에 간 것이었지만 여느 커플의 데이트와 다를 것 없었다. 서로를 위한 책을 골라주고 그에 맞춰 필기구와 공책도 새로 샀다. 나를 닮았다며 보여준 공책에는 큰 토끼가 그려져 있었다. 나는 강아지 공책 하나를 집어 결제했다. 서점 밖으로 나오니 찌는 듯한 더위와 습함에 얼굴이 일그러졌다. 그 모습을 본 너는 손으로 햇빛을 가려줬다. 더워서인지 너 때문인지 얼굴이 달아오르는 게 느껴졌다.

"우리 뭐라도 먹고 갈까? 벌써 점심시간이야."

벌써 시간이 그렇게 됐나?

"응."

간단히 밥을 먹고 다시 독서실로 돌아온 나와 수현이는 정말 아무 말 없이 공부했다. 새 학교에서도 전교 1등이라는 타이틀을 유지하고 싶었던 나와 나랑 같은 대학에 가기 위해 공부를 하는 너. 공부하는 목적은 달랐지만 같은 공간에 함께 있었다. 누군가와 같이 독서실에 있는 게 처음인 나와 독서실 자체가 처음인 너. 그래서인지 내 시선은 자꾸 너를 향했고 너도 그랬다. 그렇게 대략 7시간이 흘렀고 어느새 해는 저물어 밖은 어두워져 있었다. 그때쯤 너는 나를 불렀다.

"이루다, 배 안고파?"

"응? 딱히."

평소 독서실에 오면 저녁을 거르기 일쑤였기에 대수롭지 않았다. 수현이는 그러니깐 네가 그렇게 말랐지라며 내 손목을 잡았다.

"너는 공부하고 있어. 전화하면 나와!"

공부 안 해도 되는데. 같이 나가겠다고 말하려 했지만 너는 이미 사라져버린 후였다. 공부도 안 되고 딱히 할 것도 없어 그냥 핸드폰만 쳐다보고 네 전화를 기다렸다. 얼마 후 울리는 진동, 네 이름이 보였다. 나는 전화를 받으며 밖으로 나갔다. 밖으로 나가니 웃으며 나에게 손을 흔드는 네가 보였다.

우리는 독서실 위에 있는 옥상에 가서 수현이가 사 온 샌드위치를 나눠 먹었다. 근처에 학교가 여러 개 있어 학생들 휴식 공간으로 옥상이 열려 있고 벤치가 두 개 놓여 있는 곳이었다. 마음이 착잡할 때마다 올라오던 곳에 너랑 오니깐 행복했다.

"너랑 있으니깐 행복해지는 것 같아."

너는 내 말에 아무 대답도 하지 않았다. 뭐야 무안하게. 다 먹고 남겨진 플라스틱과 휴지를 치우고 자리에서 일어났다. 벽에 기대 하늘을 보는 너를 건드리고 싶지 않아서 먼저 계단 쪽으로 향했다. 그때 네 팔이 허리를 감아왔다.

"나도. 너랑 있으면 행복해져. 아무 재미 없는 인생 재밌게 살아보겠다고 별 이상한 짓 다 해봤는데 지금이 제일 행복해, 너랑 있어서."

내 얼굴이 빨개진 게 날씨가 더워서인지, 네가 나를 앉아서인지, 네 말 때문인지 헷갈렸다.

방학 D+7, 개학 D-11

오늘은 수현이가 아프다고 해서 혼자 독서실에 왔다. 일주일 전만 해도 혼자 다니는 게 일상이었는데 고작 일주일 동안 옆에 누가 있었다고 허전함이 느껴졌다.

오늘은 해지기 전에 나가 저녁에 수현이 만나야겠다.

자리에 앉은 지 10분도 채 되지 않았는데 네 생각이 나는 거로 봐선 아무래도 강수현한테 제대로 감긴 것 같다.

모의고사 오답을 끝내고 시계를 보니 벌써 한 시가 되었다. 처음에는 집중이 안 돼서 짜증 났는데 어쩌다 보니 점심시간이 되어 있었다.

"밥 잘 챙겨 먹어."

그냥 수현이의 말이 생각났다, 나는 귀찮았지만 점심을 먹기 위해 편의점으로 내려갔다. 편의점에서 삼각김밥이랑 컵라면 하나를 집어 들었다. 그리고 계산대로 향했고 핸드폰 케이스 뒤에 있던 카드를 꺼내 직원에게 내밀었다. 그렇게 계산한 삼각김밥은 전자레인지에 돌리고 컵라면에는 물을 받아 옥상으로 올라갔다. 오늘 나의 점심에는 강수현이 없다. 이 또한 마찬가지로 늘 혼자 먹어왔던 점심이었지만 낯설었다. 맛있어야 할 김밥과 라면이 오늘은 맛이 없게 느껴졌다.

점심을 먹고 다시 돌아와 책상에 앉았다. 저녁이 될 때까지 엉덩이를 떼지 않겠다는 심정으로 집중했다. 그렇게 얼마나 흘렀을까? 시간을 확인하기 위해 집중하겠다고 꺼둔 휴대폰을 켰다.

- 카톡

핸드폰을 켜니 카톡 알림이 세 개 울렸고 부재중 전화 5통이 와 있었다.

- 루다야 밥 먹었어? (오후 2:20)
- 너 언제쯤 끝나 데리러 갈게 (오후 3:56)
- 폰 꺼놨어? 전화 안 받네. (오후 3:58)

수현이에게서 온 메시지였다. 마지막 메시지를 보고 내게 온 부재중 전화가 수현이에게서 온 것임을 이루어 짐작할 수 있었다. 나는 바로 수현이에게 전화를 걸었다.

"여보세요?"

"독서실 나왔어? 나 지금 밖인데 너 있는 데로 갈게."

"나 독서실 앞이야."

"응."

뚜뚜-

네 대답을 끝으로 전화가 끊어지는 소리가 들렸고

나는 해가 지지 않은 하늘을 바라보며 너를 기다렸다.

"루다야!"

헤드셋을 끼고 노래를 듣고 있던 터라 주변 소리가 잘 들리지 않았다. 그래서 수현이가 내 코앞까지 와 내 이름을 부르고서야 놀라며 헤드셋을 벗었다.

"보고 싶었어."

웃음을 지으며 나에게 보고 싶었다고 말하는 네가 내 눈앞에 있었다. 심장이 갑자기 미친 듯이 뛰기 시작했다.

"나도. 너 하루 없었는데 얼마나 외로웠는지 알아?"

"이야기해 줘. 오늘 뭐 했는지"

"오늘은……."

내 옆자리가 텅 비어 있는 게 너무 허전하게 느껴졌어. 공부 시작한 지 10분 만에 네 생각이 머리에서 빠져나가지를 않아서 힘들었어. 또 네가 없는 점심은 맛없게 느껴졌어. 혼자 독서실을 나오는 게 허전했어.

"네 생각했어."

내 대답에 너는 내 손을 잡고 계단 밑으로 이끌었다.

사실 사귀기 시작한 지는 얼마 되지 않았지만 서로는 알고 있었다. 우리가 아침마다 교실에서 나눈 이야기가 하루를 여는 행복한 시간이 되었고, 점심시간마다 학교 뒷문에 있는 정자에 가서 고양이를 구경하던 시간이 서로에게는 기다려 질만큼 소중했다는 것을.

"데려다줘서 고마워."

어떻게 집까지 왔는지 잘 모르겠다. 아무 말 없이 걸어서 어색하다는 느낌 속에 천천히 발걸음을 옮겼을 뿐인데 벌써 우리 집 앞 놀이터까지 왔다.

"잘 가. 내일은 독서실 갈 거니깐 앞에서 기다려. 먼저 들어가지 말고."

"응."

손을 흔들며 작별 인사를 했다. 수현이가 아파트 정문을 빠져나가는 것을 보고 나도 집을 향해 걸어갔다. 아파트 바로 옆에 있는 평범한 주택이 내 집이었다. 문 앞에 섰을 뿐인데 진절머리가 났다. 집에 불이 켜져 있는 것으로 보아 아빠가 와있나 보다. 어차피 집에 안 들어갈 수는 없었다.

가방이라도 놓고 나오자.

그렇게 기분 나쁜 끼익 소리와 함께 대문을 열고 터벅터벅 걸어갔다. 현관문은 예상대로 잠겨 있지 않았고 문을 열자마자 역겨운 술 냄새와 매캐한 담배 냄새가 풍겨왔다.

"다녀왔습니다."

어차피 돌아올 대답은 없다. 집에 누군가가 있든 없든 형식적으로 하는 인사였다. 거실 소파에 누워 있는 아빠를 확인한 나는 무시하고 방으로 들어갔다. 꽤 오랜만에 얼굴을 확인했다. 나랑 눈이 마주치고도 별말 없으신 거로 보아 아직 술에 취하신 것 같지는 않다. 소파 옆에 있던 소주병도 새거였다.

그럼 술 냄새는 뭐지? 마시고 들어온 건가?

쓸데없는 생각들이 머릿속을 가득 메웠다. 우선 저녁이라도 먹기 위해 거실로 나갔다.

"이루다."

"왜."

"싸가지없게 단답형으로 말하지 마."

"하……. 네 알겠어요."

"너 지금 한숨 쉰 거야?"

"아니요."

"밥 먹을 거야?"

"네. 아빠는 저녁 드셨어요?"

"아니, 나 곧 나가야 해."

"어딜요?"

"그냥 친구 만나러."

"아, 네 잘 다녀오세요."

나는 밥솥에 밥을 해두고 밖으로 나왔다. 친구 만나러 간다는데 술 마시러 갈 것이 뻔하다. 그래도 양심이 있는지 친구 만나러 간다는 말에서 버벅거렸다. 그걸로 됐다. 난 당신이 양심 따위 존재하지도 않는 사람인 줄 알았으니.

편의점 앞에 도착해 문을 열려 했으나 내 옷에서 술, 담배 냄새가 자욱하게 난다는 것을 깨달았다. 어쩔 수 없이 주머니에서 향수를 꺼내 샤워하듯이 뿌렸다. 좋은 향기가 났다. 다만 가까이 오면 술 냄새, 담배 냄새, 무거운 머스크향이 섞여 역한 냄새가 났다.

편의점에 들어가 즉석밥 하나를 집었다. 다시 생각해 보니 집에 반찬도 없었던 것 같아 그냥 두고 도시락을 집어 들었다. 아무래도 내일은 마트에 가야 할 것 같다. 구석에 있는 테이블에 앉아 밥을 먹었다. 밥을 먹는 동안에는 휴대폰으로 인스타그램을 구경했다. 가족들과 함께하는 스토리를 볼 때마다 멈칫거렸다. 그렇게 20분이 지났다. 먹은 것들을 정리하고 나가려는데 누가 내 손목을 붙잡았다.

"너 왜 여기 있어? 집 간 거 아니야?"

"너야말로 집 간 거 아니었어?"

"응, 안 갔어. 오늘 엄마 늦게 들어오신다고 해서 같이 들어가려고."

"아, 그렇구나."

"너 설마 저녁 먹으려고 나온 거야?"

"응."

"넌 무슨 저녁을 편의점에서 먹냐."

"오늘만 그런 거야. 밥 해놓고 기다리는 시간이 있잖아. 배고파서 그냥 나와서 먹은 거야. 걱정하지 마."

"그래 너 집 앞까지 같이 가줘도 돼?"

"아니, 괜찮아. 너 엄마 기다려야 한다며."

"아직 시간 많이 남았어."

"괜찮아. 혼자 갈 수 있고 집 진짜 바로 앞이야."

"내가 안 괜찮아. 집 데려다주게 해줘, 부탁이야."

혼자 감성 다 잡고 진지하게 말하는 네가 퍽 웃겨 하마터면 웃음이 새어나갈 뻔했다. 이 정도 했으면 그냥 데려다줄 수 있게 해줘야겠다. 혹시나 어머니가 기다릴까 봐 걱정돼서 데려다주지 않아도 된다고 한 건데. 그리고 집은 여기서 5분이면 간다. 물론 골목길이라 위험하다고 생각할 수는 있지만 정말 매일 다니는 길이라 괜찮긴 했다.

"그래 데려다줘."

그렇게 못 이기는 척 네 부탁을 들어줬다.

하지만 그러면 안 되었던 것 같다.

손을 잡고 아스팔트 도로 위를 걸었다. 차도 없고 아직 해가 떠 있었지만 어두웠다. 무언가 이상했다. 나는 갑자기 내 옷에서 나던 담배, 술냄새가 생각나 얼른 수현이 손을 놓았다.

"아 미안……. 나한테서"

나는 말을 잇지 못했다. 정확히는 뭐라 말을 해야 할지 모르겠어서. 수현이도 진작 알아챘을 것을 확신한다. 하지만 내 입으로 말하기는 쉽지 않았다. 그래서 그냥 돌려 말했다.

"미안. 나한테 가까이는 오지 마. 별로 안 좋은 냄새 날 거야."

"괜찮아."

괜찮다며 나에게 몸을 더 붙여왔다.

그렇게 걷다 보니 어느새 집 앞 문까지 왔다. 대충 집에서 나온 지한 시간쯤 된 것 같다. 지금쯤이면 아빠도 없을 테니 마음 편하게 집에 들어갈 수 있을 것 같다.

"데려다줘서 고마워."

"응, 조심히 들어가. 사랑해."

대문을 열자 아빠가 보였다. 고작 1시간도 채 안 되는 시간 안에 얼마나 마신 건지 얼굴이 빨갛게 달아올라 있었다.

"너 어디에 있다가 왔어? 어?"

술에 잔뜩 취해 발음은 다 뭉개져서는 언성을 높여왔다. 수현이도 그 소리를 들었는지 다시 돌아왔다.

"무슨 일이야?"

나는 한숨을 한번 내쉬고는 수현이의 손목을 잡고 빠른걸음으로 걸어갔다.

둘 다 정면만 응시하며 그네를 삐그덕거리도록 발로 땅을 찼다. 이런 상황을 수현이가 본 게 쪽팔렸다. 이렇게 된 이상 내가 과연 수현이를 행복하게 해줄 수 있을지 생각하게 되었다. 어렸을 때부터 들어왔던 말이 있다.

"넌 누굴 닮아서 그렇게 성질머리가 더럽니?"

아빠의 누나, 그러니깐 고모에게서.

"루다는 고집이 센 거 같아요. 다른 애들 말도 어느 정도 수긍해야지. 자기 하고 싶은 대로만 한다니깐요?"

초등학교 2학년 담임선생님이 옆반 선생님과 나누시던 대화.

"화도 참을 줄 알아야지."

중학교 1학년 같은반 친구에게서.

"아, 걔? 싸가지 없는 찐따?"

중학교 3학년. 흔히 말해 일진에게서.

나는 성질머리가 더럽고, 고집이 세서 남의 말을 수긍하지 않고 내가 하고 싶은 대로만 한다. 화도 참지 못하고 싸가지가 없다. 남이 생각하는 나는 그랬다. 나는 그 말이 너무 고통스러웠다. 아빠가 그랬다. 성질머리가 더럽고 고집이 세서 자기 생각만 한다. 화를 참지 못해 모든 화풀이를 나에게 했으며 나뿐만 아니라 모두에게 좋지 않은 인상을 남기는 사람. 나에게 아빠는 내가 죽어도 닮고 싶지 않은 존재였다. 아마 그때부터였다. 초등학교 2학년 때 처음으로 알게 되었다. 내가 어떤 존재인지. 그때는 인정하기 힘들었는데 한살 한살 먹으니 이해할 수 있었다. 왜 나에게 그런 말을 했는지. 고작 초등학생이 이해한다는 것 자체가 지금 생각해 보니 마음 아프네.

그 상황에서 먼저 입을 뗀 건 네가 아닌 수현이였다.

"나는 나를 좋아해 주는 네가 행복하기 바라."

"나는 네가 나를 좋아해 준다는 게 고맙지만 그게 행복하지 않아."

거짓말이었다. 누군가 나를 좋아해 준다는 것이 빈말이어도 나는 기분이 좋았을 것이다. 빈말임을 알았어도. 누군가가 나를 좋아해 주는 건 행복하다. 하지만 나를 좋아해 주는 사람을 내가 행복하게 해 주지 못한다는 사실을 깨닫게 되면 더 이상 행복할 수 없다.

"너 나 싫어해?"

나는 아무 대답도 하지 못했다. 아니다. 싫어하지 않는다. 말하고 싶었지만, 도저히 입밖으로 나오지 않았다.

"그럼, 다르게 물어볼게. 너 나 좋아해?"

좋아해. 좋아한다고 말하고 싶었다. 나는 수현이의 질문에 대답하지 못하고 눈물을 흘렸다. 아무도 없는 곳이 아니면 절대 눈물을 흘리지 않는다는 나의 규칙이 무너졌다. 너와 있으니 나 스스로 정한 규칙이 하나둘씩 무너진다. 그럼 너와 나의 관계가 이어지는 것이 맞는 걸까?

"사랑해. 내일 보자."

"응."

나도 몰랐다. 내일 보자는 흔한 말이자 암묵적 약속이 지켜지지 못할 줄은.

눈을 떠보니 초록색 유리가 보였다.

다시 감았다.

눈을 떠보니 빨간색 액체가 보였다.

다시 감았다.

눈을 떠보니 흰색 빛이 보였다.

다시 감았다.

정신을 차리고 눈을 떠보니 하얀 천장이 보였다. 작게 들리는 티비 소리, 우는 아이의 소리, 급한 발걸음을 옮기는 소리.

내가 있는 곳은 병원이었다.

이게 무슨 일이지?

병원에 있다는 것을 자각한 후부터 온몸이 아파졌다. 머리는 터질 것처럼 욱신거렸고 팔과 배도 찌릿찌릿했다.

"환자분 일어나셨어요? 아프신 데는 없으세요?"

간호사의 물음에 괜찮다고 답한 후 침대에서 주섬주섬 일어났다. 정자세로 앉아 무슨 일이 있었던 건지 생각했다.

초록색 유리. 빨간색 액체. 흰색 빛. 중간중간 정신이 들었을 때 내가 보았던 세 개였다.

그렇게 한참을 생각하는 중에 누군가 병실 문을 열고 들어왔다.

"엄마……?"

이혼한 후로 몇 번 보지 못한 엄마가 나를 향해 걸어왔다. 딱히 반가운 얼굴은 아니었지만 인사했다.

"정신이 좀 들어?"

"언제부터 여기 있었어?"

"병원 연락받고 왔으니깐 5시간은 됐지."

"나 왜 여기 있는지 알아?"

"너 기억 안 나?"

"응, 기억 안 나."

"너 아빠한테 소주병으로 맞았어. 그래서 4시간 동안 수술했어. 자세한 경과는 입원해서 지켜봐야 하고 아빠는…… 아니다. 이건 어차피 경찰이 와서 얘기해 줄 테니까 굳이 내가 말 안 할게."

엄마의 짧은 말로 내가 보았던 초록색 유리는 소주병, 빨간색 액체는 피, 흰색 빛은 수술실 조명이었음을 어림 짐작해 볼 수 있었다.

근데 왜 하나도 기억이 안 나지? 오늘이 몇월 며칠이지?

무언가 이상하다. 시간이 멈춘 듯한 느낌을 너무 강하게 받아 소름 끼칠 정도였다.

추가적인 검사를 마치고 다시 병실로 돌아왔다. 4인용 병실 중앙에 놓여져 있는 티비를 보며 시간을 보냈더니 어느새 간호사가 나를 불렀고, 의사와 마주하고 이야기했다.

"기억이 안 난다고 하셔서 추가로 검사를 진행했는데요. 우선 수술 전후에 검사했던 MRI와 CT, 뇌파검사에는 이상이 없었습니다. 물론 심한 출혈과 뇌출혈이 동반되어 긴급하게 수술하긴 했습니다만 이게 기억상실에는 큰 영향을 주지 않았다고 봐요. 그리고 당연히 추가검사했던 혈액검사와 소변검사에도 이상이 없었어요. 제가 진단하기에 이루다 씨는 외상후 스트레스 장애로 인한 해리성 기억상실입니다."

"네?"

"예전에도 이런 일 있으셨나요? 심리검사 진행했을 때 적어주신 글 중에 어렸을 때부터 아버지께 학대당했다는 것은 봤습니다."

"글쎄요. 어렸을 때 맞았던 게 한두 번이 아니라서 잘 모르겠지만 있었지 않을까요? 수백 번, 어쩌면 수천 번을 맞았는데 그중 한 번쯤은 심하게 다쳤을지도 모르죠. 그보다 기억을 되돌릴 수 있나요?"

"저절로 기억이 돌아오는 경우도 드물지만 있어요. 아니면 최면과 약물을 이용해 기억을 복구하는 방법도 있는데 이건 추천해드리지 않아요. 급하게 복구해야 할 기억이 있는 경우에만 사용하는 방법이기도 하고 기억을 강제적으로 되돌린다는 것 또한 환자분의 심리를 자극하고 스트레스를 유발하거든요. 가장 괜찮은 방법은 심리치료입니다만 이는 기억상실이 회복된 후에 도움이 되는 방법이기에 기억을 되돌리는 데는 큰 효과가 없습니다."

"그럼, 심리치료를 받으면 되는 건가요?"

"네, 두 달 동안 입원하셔서 경과 지켜보고 심리치료는 당분간은 계속 받으실 겁니다."

"네, 감사합니다."

내가 기억을 잃었다. 영화나 드라마에서만 보던 걸 내가 지금 겪고 있다. 어렸을 때부터 아버지의 손찌검을 받아왔는데. 당연히 어린아이에게는 엄청난 두려움과 공포, 스트레스로 다가왔겠지만 지금의 난 잘 모르겠다. 본능적으로 어렸을 때의 상황이 생각났고, 그때 느꼈던 두려움이 올라왔던 걸까?

그렇게 나는 두 달 동안 심리치료를 받으며 어렸을 때부터의 고민과 스트레스를 하나씩 벗어냈다. 어렸을 때부터 받아오던 집안의 차별, 아빠에게서 받았던 학대, 친구들 사이의 따돌림, 친구가 없던 내가 당한 학교폭력까지 모두 다시 떠올렸다. 떠올리는 게 힘들 줄 알았는데 생각보단 힘들지 않았다. 선생님은 내가 힘든 상황에 너무 익숙해져 버린 것 같다고 말씀하셨다. 내 생각도 그렇다. 나는 너무 어린 나이에 너무 많은 시련을 겪은 것 같다. 나보다 더 힘들게 살았고 살고 있고, 살 사람들이 많겠지만 내 인생이 고등학생이 견디기엔 조금 벅찰 수 있다는 사실을 난 알고 있다. 내가 겪었으니.

그렇게 살아갔다. 하루. 이틀. 이는 모여 한 달이 되었다.

나는 어느새 18살이 되어 새 학교로 전학 가게 되었다.

새 학교에서는 조금 다른 생활을 해갔다. 내가 나를 규제하기 위해 만들었던 규칙들을 없앴다. 그와 함께 병원에서의 기억, 치료받던 기억을 모두 없앴다. 그 결과 집을 나가 독립하기 위해 공부에 목숨 거는 일은 없어졌고 남들이 보는 앞에서 눈물을 흘려도 나는 위로받을 수 있었다. 그렇게 별 탈 없는 고등학교 생활은 막을 내렸다.

20살, 대학교에 들어갔다.

서울대학교 행정학과 신입생 이루다.

친구들을 사귀고 아는 선배들도 많이 생겼다. 보이듯 나는 행복한 대학 생활을 했다.

25살, 취준생으로 살아갔다.

대학 졸업하면 취업할 수 있을 줄 알았지만, 이는 생각보다 쉽지 않았다. 급한 대로 알바를 구해 일을 했고 그 돈을 생활비로 썼다. 이 외의 시간은 공무원 시험을 보기 위해 공부했다. 오랜만에 하는 공부는 생각보다 즐거웠다. 억지로 하는 공부가 아니여서 너무 좋았다.

26살, 취직을 했다.

공무원 시험에 합격하고 얼마 지나지 않아 회사 면접에도 합격해

2개월간 인턴으로 일했다. 2개월간 정말 열심히 살았다. 나를 좋게 봐주신 직원들 덕분에 나는 더 힘을 냈고 그 결과 정직원이 되었다. 걱정했던 갈굼과 무거운 분위기는 없었고 오히려 반겨주고 칭찬해 주는 사람들뿐이었다.

27살, 지금의 나.

지금의 나는 프리랜서 작가가 되었다. 웹소설, 에세이도 쓰고 곧 책 출판도 할 예정이다. 하고 싶은 것을 찾다 보니 그것은 글을 쓰는 것이었고 나는 나의 이야기를 전해 주고 싶어 책 출판이라는 목표를 세웠다.

05

우리는 졸업 앨범을 덮었다.

딱히 기억이 돌아오는 드라마틱한 일은 일어나지 않았다. 하지만 강수현이라는 사람이 있었다는 것은 드문드문 기억나는 것 같다. 나는 기억상실을 앓았었고, 그 이외의 17살의 기억은 모두 자처해서 지웠다. 나의 여름 방학은 아직 끝나지 않았다. 몇 년이 지났지만, 아직 D-11에 멈춰 있다. 이제는 방학을 끝낼 때가 되었다. 우리는 손을 모아 졸업앨범을 덮었다. 나는 그때 향수가 떠올랐다.

"그 향수. 여름 방학에 만든 거예요?"

"네?"

"그냥 그때의 느낌이 나요. 느낌을 넘어 확신도 할 수 있을 정도로요."

"네, 맞아요. 여름 방학식 날 같이 만들었어요."

나를 알면서 한 번도 나를 찾지 않았다는 게 괘씸했다. 그와 동시에 물어보고 싶은 것들이 많았다. 이야기해 주고 싶은 것도 많다.

"대학교는 어디 나오셨어요?"

"그냥 뭐, 재수해서 사회복지학과 갔어요."

"사회복지학과요?"

"네, 제 첫사랑이 가족인 아빠한테 폭행당하며 살아갔던 게 머릿속에서 지워지지를 않아서 그런 애들을 도와주고 싶더라고요. 그래서 사회복지학과에 갔어요. 모두가 가족의 보살핌을 받았으면 해서, 사랑받았으면 해서. 그래서 사회복지센터랑 쉼터에서도 잠깐 일했다가 지금 다니는 회사 들어온 거예요."

그 첫사랑이 나라는 사실을 조금 뒤늦게 깨달은 후에 부끄러워져 얼른 자리에서 일어났다. 사실 한편으로는 내가 남의 인생에 한 부분을 차지한다는 것이 기쁘기도 했다.

06

"작가님 너무 팬이에요!

이거 선물인데 집에 가서 편지도 읽어보세요."

"아 네!"

- 다음 분 앞으로 나오실게요.

"안녕하세요 이름이……."

"강수현이요."

그 말에 고개를 들었다. 정말 강수현 씨가 내 앞에 서 있었다. 왜 말도 없이 찾아온 건지 갑작스러워서 놀랐다.

"선물이에요."

선물이라며 주고 간 것은 작은 상자였다. 집에 가서 얼른 뜯어보고 싶은 마음 때문에 머릿속에는 상자밖에 없었다.

두 시간에 걸친 팬 사인회를 마치고 집에 도착해 팬들이 준 선물을 모두 열어보았다. 정성껏 적어주신 편지들도 꼼꼼하게 읽어보았고 소중히 보관하겠다고 서랍 안에 고이 넣어두었다. 선물도 다 정리했고 편지도 다 정리해 침대에 누우려 했는데 상자 하나가 보였다.

'아, 강수현 씨가 준 선물 안 뜯어봤지.'

상자 안에는 편지 하나와 향수 두 개가 들어 있었다.

편지를 먼저 읽었다.

- 안녕하세요 루다 씨.

고등학생 때 저와 한 약속이 있어요. 기억 못 하시겠지만

자기가 책 써서 유명해지면 팬사인회에 와달라고 하셨어요.

그때 뭐 받고 싶냐고 물었더니 향수 받고 싶다고 하셨는데.

하나는 여름 방학식에 만들었던 향수가 하나는 그날 가게에 갔을 때 루다 씨가 갖고 싶어 한 향이에요. -

나는 향수 두 개를 조심히 꺼내 침대 옆에 두었다.

수현 씨가 준 편지와 함께.

놓인 자그마한 향수 두 개가 멀리서 보니 매우 귀여웠다.

향수 뚜껑을 열었더니 코에 은은한 향기가 맴돈다.

우리가 사랑했던 시절, 함께했던 그 순간의 향이 피어난다.

이 향을 타고 내가 너에게 닿을 수 있기를.

이 향을 맡고 나를 떠올려줬으면 하는 나의 마음이

너에게 닿기를.

우리의 모든 순간, 너와 함께여서 기억하고 싶은 모든 날의 향이 방 안을 채운다.

*

*

*

첫사랑의 향기가 채워졌다.

후기

　제 생각에 첫사랑은 보기보다 강한 힘을 지닌 존재예요. 무엇이든 도전할 힘을 주고 아무리 큰 상처도 낫게 해줄 것 같거든요.

　루다는 아픈 가정사를 지닌 아이입니다. 어렸을 때 이혼한 부모님, 술과 폭력을 일삼았던 아버지 밑에서 자랐기 때문에 상처가 많아요. 이런 루다의 상처를 보듬어준 것은 수현이었습니다. 루다는 수현이로부터 처음으로 온전하고 망가지지 않은 사랑을 받아봤어요. 그 덕분에 상처가 치유되고 자신도 사랑을 할 수 있게 된 것입니다.

　이렇게 보면 사랑은 대단한 것 같지만, 아니에요. 물론 사랑 자체가 대단한 건 맞죠. 사람의 인생을 바꾸기도 하니까요. 제

말은 그냥 말을 들어주는 것, 곁에 있어 주는 것과 같이 사소한 것도 사랑이라는 거예요. 그리고 이 별거 아닌 행동만으로 사람을 행복하게 만들 수 있습니다. 더불어 나도 행복해질 수 있고요.

　저는 여러분이 소중한 날을 잊지 않았으면 좋겠습니다. 우리에게 모든 날이 소중해요. 아프고 힘들었던 날까지도요. 왜냐하면 그런 날까지 우리는 사랑받고 있거든요. 당신도 타인에게 사랑받은 만큼, 그보다 더 많은 사랑을 줄 수 있고 도움을 줄 수 있는 그런 따뜻하고 포근한 사람이 되었으면 좋겠어요. 부디 제 글이 위로가 되었길 바랍니다. 그리고 제 사랑이 당신에게 닿았기를 바랍니다. 읽어주셔서 감사합니다.

세 번째 향

★★★

안녕, 나의 여름아

2학년 김도연

추운 겨울 동안 숨어왔던 많은 생명이 다시 활개치는 어느 봄날에 오히려 난 모든 것을 빼앗겼다.

최근 몸 상태가 심상치 않아 간 병원에서 암이 재발하여 손 쓸 수가 없다는 말을 듣고 세상이 무너지는 것 같았다.

달콤한 희망을 맛본 뒤에 찾아오는 절망은 그 무엇과 비교할 수도 없이 나를 깊은 어둠 속으로 끌어내렸다.

고작 살 수 있는 기간이 짧으면 3달 길어봤자 5개월이라고 했다. 왜 나한테만 이런 일이 일어나는 건지…… 너에게 이 말은 또 어떻게 전해 줘야 할지 앞길이 막막했다.

　병원을 나와 떨어지지 않는 발걸음을 떼고 천천히 걷기 시작하자
바람의 연주에 맞춰 하나씩 떨어지는 벚꽃잎이 내 앞을 스쳐 지나간
다. 이제 슬슬 벚꽃이 질 시기라 그런지 떨어지는 꽃잎들이 꼭 얼마
남지 않은 내 모습 같았다.

　'어떻게 너에게 이 소식을 전해야 할까……. 직접 들은 나도 아직
어안이 벙벙한데 넌 어떻게 받아들일까…….'
　집이 점점 가까워질수록 숨이 막혀오는 듯했다.
　이 말을 들은 너의 표정이 상상이 가서 집 앞에 도착했어도 쉽사
리 들어갈 수가 없었다.
　비밀번호를 누르려고 하면 누군가가 누르기 전으로 계속 시간을
되돌리는 것 같았다. 그렇게 손을 올렸다 내렸다 몇 번이나 반복하고
나서야 결국 동네를 몇 바퀴 돌고 오기로 했다. 내가 다시 왔을 때는
말할 용기가 생기길 빌며 다시 한번 발걸음을 옮겼다.

　그렇게 정처 없이 걷기 시작한 지 몇 분이 흘렀을까, 이제 슬슬 돌
아가려고 했던 참에 처음 본 가게를 발견했다.
　어두워진 골목의 가로등이 오직 그 가게만 비추는 듯이 보였다.
　"에센시아, 처음 보는 가게 이름이네……."
　나는 홀린 듯 중얼거리며 그 가게 안으로 들어갔다.
　"저기요? 아무도 안 계세요?"

"아! 오랜만에 손님이군요, 어서 오세요."

내가 부르자마자 급하게 온 듯 숨이 차 보이는 사람은 싱긋 웃으며 인사를 해주었다. 아마 이 가게의 주인인 듯 보였다.

"여긴 향수 가게인가요? 향이 되게 좋네요, 이렇게 좋은 향은 처음 맡아보는 거 같아요."

"감사합니다, 여긴 에센시아, 추억을 선물해 주는 향수 가게입니다. 혹시 당신도 남기고 싶은 추억이 있으신가요?"

그 말에 잠깐 멈칫했다. 어쩌면 너에게 줄 마지막 선물을 찾은 것 같다.

"향수를 만들려면 어떻게 하면 되나요?"

"기억하고 싶은 추억이나 선물해 주고 싶은 추억을 적어서 들고 오시면 됩니다. 자세하면 자세할수록 좋습니다."

나의 대답에 그럴 줄 알았다는 표정을 지으며 자신의 명함을 내밀었다. 그 명함에는 조향사 모코스라고 적혀 있었다.

"모코스라고 불러주세요"

싱긋 웃으며 나에게 악수를 청한 조향사란 사람은 여자인지 남자인지 잘 구별되지 않는 중성적인 외형에 어딘가 모르게 묘한 분위기를 풍기는 사람이었다.

나는 몇 가지의 상담을 더 하고 난 후에 향수 집을 나왔다.

나중에 내가 이 세상에 없더라도 너에게 내 추억을 남길 수 있다고 하니 마음의 불안함이 조금이나마 줄어든 것 같았다.

집 앞에 도착해 심호흡하고 스마트폰 카메라를 켜서 표정을 확인한 뒤에야 천천히 문을 열 수 있었다.

"여보, 나 왔어!"
최대한 밝은 표정으로 아무 일 없었다는 듯이 내 감정을 숨기며 너에게 다가간다.
"오늘은 엄청 늦게 왔네? 병원에서 무슨 일 있었어?"
순간 당황해서 멈칫했던 모습이 들키지 않길 바라며 말을 했다.
"어, 아니? 무슨 일이라니 아무 일도 없었지, 응 아무 일도 없었어."
사실대로 말하려고 했지만, 활짝 웃으며 다가오는 너의 얼굴을 보자마자 순간 너무 두려워져 말을 하지 못했다.
"정말? 그럼 다행이네."
이때 나는 왜 몰랐을까 다행이란 말을 내뱉는 너의 얼굴이 조금 굳어져 있었다는 걸.
"그럼 일단 우리 밥부터 먹을까? 오늘 여보가 좋아하는 고등어구이 했어."
점점 다운되고 있는 분위기가 너의 한마디로 인해 조금은 사그라든 것 같았다.

내가 병원에서 시한부 선고를 받고 난 지 일주일 후 아직도 난 너에게 사실대로 말하지 못했다. 계속 시도를 안 해본 것은 아니었지만 마음 정리할 시간이 필요했다. 하지만 이제는 더 이상 미룰 수가 없었다. 다시 한번 마음을 다잡고 방에 있는 너를 부른다.

"여보, 잠시만 나와볼래? 전해야 할 말이 있어."

"응, 금방 나갈게. 조금만 기다려줘."

식탁에 앉아 조용히 시계 초침 소리를 들었다. 얼마 지나지 않아 발걸음 소리가 들렸다.

"음~ 향기 좋다. 이거 내가 좋아하는 캐모마일 차네?"

"일부러 이 차로 했어. 여보가 좋아하잖아."

"역시 여보는 나를 너무 잘 알아, 그래서 좋아해."

나오자마자 웃으며 향기를 맡는 모습을 보니 캐모마일 차로 준비하길 잘한 것 같다. 익숙한 향이 코로 들어오니 긴장도 조금씩 풀리는 것 같았다.

이제는 정말 말해야 했다. 숨을 한번 크게 들이쉬고 천천히 입을 떼기 시작했다.

"여보, 나 사실 일주일 전에 병원 갔을 때 시한부…… 판정받았어. 3달 밖에 못 살 것 같아."

도저히 너의 얼굴을 쳐다보지 못할 것 같아 고개를 푹 숙여 아무 죄 없는 테이블만 노려보기 시작했다.

그렇게 몇 분이 흘렀을까, 찻잔에 들어 있는 캐모마일 차는 이미 식은 지 오래였다. 무거운 정적에 도저히 참을 수가 없어 고개를 들려고 하자 너의 목소리가 들려왔다.

"알고 있었어……. 그때부터."

이 한마디를 듣자마자 누군가가 내 뒤통수를 한 대 친 것처럼 얼얼했다.

"병원에서 나한테 문자가 왔어. 나도 알아야 할 것 같다면서 말이야."

아차, 싶었다. 병원에서 문자가 갔을 줄은 생각지도 못했다.

"그럼, 왜 나한테 아무 말도 하지 않았어?"

"여보가 스스로 말해 줄 순간을 기다렸어. 얼마나 꺼내기 힘든 말인지 아니까, 먼저 말하고 싶지 않았어."

점점 너의 목소리가 흔들리기 시작한다. 이제야 마주한 너의 얼굴은 눈가가 붉어지고 최대한 울음을 참고 있었다.

"미안해. 내가 미안해 미리 말 못해서……. 미안해."

내가 할 수 있는 건 최선을 다해 사과하는 것뿐이었다.

"네가 왜 미안해, 너 잘못한 거 없잖아, 그러니까 조금이라도 날 봐줘."

한번 툭 치면 당장이라도 울 것 같은 목소리로 너는 말했다.

억지로 흐르는 눈물을 참으며 너의 얼굴을 바라보자 우리는 누가 먼저랄 것도 없이 울음을 터뜨렸다.

아직은 누군가의 죽음이 낯설기만 한 우리들이었다.

그렇게 다 큰 성인들이 서로를 껴안고 세상이 떠나갈 듯이 그렇게 몇 분을 울었다.

조금은 진정이 되었을까 우리는 서로 목소리를 가다듬고 고개를 들어 어딘가 후련한 얼굴로 눈을 마주쳤다.

"그럼 우리 이제 뭐할까?"

올라가지 않는 입꼬리를 억지로 올려 웃는 너의 모습을 보며 나도 함께 웃어 보인다.

"우리, 한번 추억 여행 떠나볼래? 그때 그 시절로 말이야."

나는 마지막이 될 내 인생의 페이지를 우리가 처음 만났던 그 순간과 우리들의 청춘으로 가득 찼던 그때로 채우고 싶었다.

"그래, 그러자. 우리 후회 없이 하고 싶은 거 다 하고 오자."

방금까지 어두웠던 분위기가 조금 풀리고 이제야 따스한 온기가 돌기 시작했다.

우린 이제야 서로를 티끌 하나 없는 맑은 눈으로 보기 시작했다.

2022/ 06/ 20/ 월

"여보, 준비 다 했어?"

"응, 이제 곧 나갈게!"

사실을 말하고 5일 동안 우리는 여행 계획을 열심히 짜기 시작했다. 다 짜고 나니 무려 1주일이 예상되는 여행 일정이었다. 하지만 우리는 그저 서로를 바라보며 싱긋 웃을 뿐이다.

'그래도 진짜 가긴 가는구나.'

짐을 다 싣고 차에 올라탄 나는 내 목에 걸린 카메라를 만지며 잠시동안 멍을 때렸다.

"우리 이제 슬슬 출발할까?"

조수석에 탄 너는 조금 기대된 듯한 상기된 얼굴로 출발을 외쳤다. 월요일 맑은 날씨 아래 우리의 마지막 이야기는 첫 번째 장을 펼쳐 우리가 처음 만났던 고등학교로 향했다.

자동차 유리창 너머로 점점 익숙한 풍경이 보이기 시작하자 거짓말이길 바랐던 지난날이 현실이었다는 걸 다시 한번 실감했다.

옆에 앉아 있는 너도 같은 감정을 느끼는지 한동안 차 안에는 적막만이 흘렀다.

"와! 여긴 어째 예전과 달라진 점이 없네."

너는 예전과 똑같은 풍경을 보고 작게 킥킥 웃으며 말했다.

"그러게…… 여긴 하나도 안 변했네, 시설이 더 좋아진 것 빼고는 그대로인 것 같아."

나의 말이 끝나기가 무섭게 우리는 너 나 할 것 없이 우리의 추억이 깃든 풍경을 한없이 눈에 담기 시작했다.

죽기 전 마지막으로 볼 수 있는 풍경이라고 생각하니 마음 한구석이 저리게 아파오는 것 같았다. 나는 이 감정이 사라지기 전에 얼른 카메라를 들어 한 장씩 찍기 시작했다.

하지만 나도 모르게 사진을 찍으면 찍을수록 어느샌가 눈시울이 붉어졌나 보다.

"울지 마. 우리 이번에는 즐겁게 놀아야지."

하지만 이렇게 말하는 너도 눈시울이 붉어지고 있었다.

"그럼 우리 이제 안으로 들어가 볼까?"

무거워진 분위기를 전환하기 위해 괜찮다는 듯 난 활짝 웃으며 말했다.

우리는 발걸음을 옮겨 제일 소중했던 곳으로 향했다.

미리 학교 측에 구경하러 가겠다고 말해놓아서 그런지 돌아다니는 것은 크게 어렵지 않았다.

우린 제일 먼저 음악실의 문을 열었다. 열자마자 너와 처음 만났던 순간이 바로 떠올랐다.

그날은 여름을 싫어하던 나에게 큰 반환점을 준 날이었다.

어렸을 때 암으로 인해 계속 항암치료를 받아온 나는 완치 판정을 받고 지방의 작은 고등학교로 전학을 왔다.

학기 중간에 와서 그런지 이미 많은 아이들은 친해져 있었고 내가 끼어들 틈은 없었다.

너를 처음 만난 그날도 혼자 점심을 먹고 나오는 길이었다.

어디선가 들리는 피아노 소리를 따라 도착한 곳은 음악실이었고 문을 열자마자 보았던 그 여름의 한 장면은 영원히 잊지 못할 것이다.

열린 창문으로 살짝씩 불어오는 바람에 흩날리는 머리카락과 따뜻한 햇볕이 내려오는 음악실의 풍경, 그녀가 연주하는 피아노의 소리 그리고 코에 스치는 풀 내음, 이 모든 것이 내가 그녀에게 반한 이유가 되었다.

그렇게 홀린 듯이 나도 모르게 목에 걸고 있던 카메라를 들어 그녀를 찍기 시작했다.

찰칵, 눈치 없는 셔터음이 피아노 소리의 중간에 끼어들었다.

순간 조용해진 교실에 나는 당황하여 아무 말이나 내뱉었다.

"안녕, 너 피아노 되게 잘 친다."

갑자기 들린 셔터 소리와 말소리에 너는 놀랐는지 연주를 중단하고 나를 쳐다보기 시작했다. 정면으로 마주한 모습은 누구보다도 여름이라는 계절에 잘 어울리는 사람이었다.

"너 누구야? 처음 보는 얼굴인데."

청순하게 생긴 생김새와는 다르게 약간의 사투리 억양이 묻어나오는 것이 잘 어울리지 않아 나도 모르게 웃으며 말했다.

"나 최근에 전학 와서 잘 모를 수도 있어."

"아! 그 서울에서 전학 왔다는 학생이 너야?"

"응, 맞아 방해했다면 미안해."

"괜찮아! 그럼 이왕 여기 온 거 나 피아노 치는 거 더 들어주라! 이 학교 학생들은 음악에 도통 관심이 없어서 들어주질 않거든."

"정말? 내가 들어도 괜찮겠어……?"

"당연하지, 얼른 여기 와서 앉아!"

그녀는 자기 옆에 놓여 있는 작은 의자를 가리켰다. 나는 슬금슬금 걸어가서 의자에 앉았다.

옆에 앉은 나를 빤히 쳐다보는 시선에 내가 무언갈 잘못했나 생각이 드는 중 불쑥 너의 손이 내 앞에 놓였다.

"그러고 보니 우리 자기소개도 못 했네! 난 한여름이라고 해. 넌 이름이 뭐야?"

"나는 한서준이라고 해. 이름 되게 예쁘다. 여름이라는 이름 처음 들어본 거 같아."

"그런가? 난 내 이름 좀 별로였는데 그렇게 이야기해 줘서 고마워!"

활짝 웃으며 대답하는 너에게 나는 한 번 더 반한 것 같았다.

"근데 아까 들린 찰칵 소리, 네가 내 사진 찍은 거야?"

순간 잊고 있었던 사진이 생각났다. 나는 허둥지둥 카메라를 들어

올리며 말했다.

"미안! 사진은 바로 지울게, 순간 너랑 피아노랑 너무 잘 어울려서 나도 모르게…… 찍었나 봐."

나는 빠른 속도로 방금 찍은 사진을 찾아내어 지우려던 순간 너의 말이 들려왔다.

"우와! 이거 잘 찍었는데? 안 지우면 안 돼? 나 이거 맘에 드는데."

너는 초롱초롱한 눈빛으로 나를 쳐다보았다.

"괜찮겠어, 정말? 허락없이 찍은 건데?"

내가 봐도 잘 나온 사진에 지우기가 아깝다는 생각이 들었는데 지우지 말아달라는 말은 듣던 중 반가운 소리였다.

"응응, 괜찮아! 그 대신 내가 보고싶다고 할 때마다 보여주면 안 돼?"

"당연히 가능하지 언제든지 말만 해."

나는 괜찮은 조건에 바로 승낙을 했다.

"고마워! 예쁜 사진 찍어준 답례로 네가 좋아하는 곡 연주해줄게. 혹시 있어?"

너는 고개를 왼쪽으로 한번 까딱이며 말했다.

나는 마침 클래식에 관심이 있어서 큰 고민 없이 곡을 말할 수 있었다.

"그럼 혹시…… 드뷔시의 달빛이라는 곡 가능할까?"

"대박! 너도 이 곡 좋아해? 나 진짜 좋아하는 곡이야!"

너도 좋아하는 곡을 이야기했는지 활짝 웃으며 상기된 얼굴로 말했다.

"기대해! 열심히 연주할 테니까."

넌 한 바퀴 어깨를 돌린 후 건반에 손을 올려 아름다운 첫 선율을 연주하기 시작했다.

그렇게 우리는 여름의 풋풋함과 새로운 설렘을 가지고 점심시간 예비종이 칠 때까지 피아노 연주를 즐겼다.

내 첫 친구이자 첫사랑이 생긴 날이었다.

이때 이후로 우린 매일 점심시간마다 만나서 피아노를 치는 것이 일상이 되었다.

'그때 만약 피아노 소리를 무시하고 따라가지 않았다면 지금 내 곁에 있는 사람은 없었겠지.'

한동안 음악실을 멍하니 쳐다보다 카메라를 들어 올려 현재 음악실의 풍경을 한 컷 찍었다.

"무슨 생각을 하길래 이렇게 정신이 나갔어?"

음악실에 도착한 이후로 계속 말이 없었던 나를 꽤 걱정했나보다 목소리에 무슨 일이 있었는지 묻는 눈치였다.

"너랑 여기서 처음 만난 생각하고 있었는데?"

너의 손을 잡으며 싱긋 웃어 보였다. 옛날과는 다르게 사투리 억양이 많이 사그라든 어투로 너는 말했다.

"그러네, 우리 여기서 처음 만났었지."

순간 추억에 빠진 듯한 표정을 보았다. 하지만 추억 회상은 오래가지 않았고 오히려 넌 놀림거리를 찾았다는 표정으로 짓궂게 물어보았다.

"여보는 나 처음 봤을 때 어땠어? 막 너무 예뻐서 첫눈에 반했나?"

"맞아, 어떻게 알았어? 음악실에 앉아 피아노를 치는 모습이 너무 잘 어울리더라 예뻤어."

너의 장난스러운 말에 응하듯이 생긋 웃으며 말했지만 너를 보는 나의 눈에는 한 치의 거짓말도 담지 않았다. 넌 이런 눈빛을 알아차렸는지 실시간으로 얼굴이 새빨개지고 있었다.

"그런 의미에서 피아노 연주 한 곡 부탁해도 될까?"

손에 들린 카메라를 꼭 쥐며 나는 말했다.

"지금? 갑자기? 좀 당황스러운걸……."

"부담스러우면 하지 않아도 괜찮아. 그냥 난 피아노 앞에 앉은 너의 모습을 한번 찍고 싶었을 뿐이니까."

조금 아쉬웠지만 하기 싫다면 어쩔 수 없었다. 하지만 그래도 내심 아쉬운 마음이 들기 시작했다.

"으음…… 알겠어! 딱 한 곡이니까 잘 들어!"

너는 몇 번을 고민하더니 결정했다는 듯이 소매를 걷어 올리며 피아노 앞으로 향했다.

의자에 앉아 손을 한번 휘두르기 시작하자 그때와 똑같은 드뷔시의 달빛이 흘러나오기 시작했다.

'아……. 그래 이거야. 예전과 똑같아.'

그때처럼 열린 창문으로 불어오는 바람 사이에 섞인 여름의 향은 우릴 과거로 데려다 놓기에는 충분했다.

나는 열심히 카메라를 들어 순간을 하나씩 담기 시작했다. 하나라도 새어나가지 않게 신중을 가하여 셔터음을 눌렀다.

연주가 다 끝난 후 과거로 돌아갔던 시간이 다시 감기기 시작하고 나에게 다가온 너는 부끄러운지 눈을 잘 못 마주치고 있었다.

'이렇게 부끄러워하면 부탁한 나도 부끄러워지는데.'

우린 한번 눈을 마주치고 서로 두말할 것도 없이 먼 산만 쳐다보고 있었지만 맞잡은 두 손은 놓지 않았다.

처음 연애를 시작할 때 가슴이 떨리는 감정을 오랜만에 다시 느껴본 듯했다.

우린 다시 발걸음을 움직이며 음악실을 벗어나 다른 곳들도 열심히 돌아다니며 하나씩 추억을 찾아 나섰다. 같이 밥을 먹었던 학교 뒤뜰과 매점에서 산 아이스크림을 하나씩 들고 산책을 했던 길까지 하나도 빠짐없이 눈에 담으며 어렸던 우리를 만났다.

시간 가는 줄 모르고 구경하다 보니 어느새 학생들이 하교할 시간이 되었다. 우린 정말 어렸을 때 같이 하교했던 길을 다시 밟으며 그 다음 목적지로 향했다. 항상 우리가 하교하면서 들렀던 분식집이었다.

하지만 아쉽게도 옛날 분식집이 있었던 자리는 이제 찾아볼 수 없었다.

대신 그 자리에는 요즘 학생들 사이에서 유행하는 사진 가게가 있었다.

"하긴…… 시간이 많이 흘렀으니까, 지금까지 있을 리가 없지……. 아~ 그래도 오랜만에 먹고 싶었는데 어쩔 수 없네."

넌 사진 가게를 바라보며 아쉽다는 표정을 지었다. 그 속에는 약간의 씁쓸함이 묻어져 나왔다.

"그러게, 아쉽네……."

나는 무언가가 텅 빈 마음이 들었다.

아마 지금의 학생들은 이 자리에 분식집이 있었다는 사실도 모를 것이다.

이렇게 시간은 계속 흐르며 새로운 것을 만들어내고 과거는 천천히 조금씩 지워버린다. 다시 돌아갈 수 없고 멈출 수도 없다.

그렇기에 그 순간의 힘든 기억이라도 시간이 지나 조금씩 잊혀지며 미화되고 사라져버리는 것일까.

확실한 건 내가 죽고 난 뒤에도 시간은 가차 없이 흐르며 내가 없는 세상을 바꿔나갈 것이다.

그 사이에는 우리들의 추억이 닳아 없어질 순간도 존재할 것이다.

여러모로 다시 한번 쓸쓸한 기분을 느꼈다.

"우리 그래도 기념인데 여기서 사진이라도 찍고 갈래?"

넌 여기까지 왔는데 그냥 가기 아쉬웠는지 사진을 찍자고 제안했다.

"그래, 그러자."

난 쓸쓸한 마음을 뒤로하고 사진 가게 안으로 들어갔다.

안에는 다양한 주제로 한 사진 부스가 여러 개 있었고 우린 아무것도 몰랐기에 가장 가까운 부스로 들어갔다.

들어가 주변을 살펴보다 돈 넣는 곳을 발견하고 돈을 넣었다. 하지만 넣자마자 바로 시작할 줄은 생각도 하지 못했다.

"어? 이, 이거 시작한다. 우리 어떻게 해? 포즈 뭐로 하지?"

너도 갑자기 찍기 시작하는 기계에 당황했는지 허둥지둥거리며 포즈를 정하기 시작했다.

그렇게 한바탕의 소동이 일어난 뒤 결과물을 확인해 보니 정말 전쟁이 따로 없었다. 그나마 제대로 찍힌 사진이라곤 마지막 한 컷뿐이었다. 우린 사진을 보자마자 빵 터졌다.

"우와! 이게 뭐람. 얼굴이 죄다 흔들렸잖아."

너는 제일 형체를 알아보기 힘든 컷을 가리키며 배를 붙잡고 웃었다.

"아니, 넣자마자 시작하는 줄은 몰랐는데."

하지만 나도 너와 다를 게 없이 웃으며 말했다. 얼마나 많이 웃었는지 다 웃고 난 후 둘 다 배가 당겨서 힘들었다.

찍은 사진은 한 장씩 나눠 가졌다.

이렇게 옛날의 추억 위에 새로운 추억이 덮어 씌워지는 순간이었다. 그렇지만 엉망인 사진은 맘에 들지 않았다.

하지만 넌 그런 사진이 꽤 맘에 들었는지 계속 쳐다보고 있었다.

"사진이 그렇게나 맘에 들어? 나는 그 기계보다 훨씬 잘 찍어줄 자신 있는데."

기계가 찍어준 엉망인 사진을 계속 쳐다보고 있으니 조금 질투가 났나 보다.

"갑자기 왜 이래? 당연히 여보가 기계보다 잘 찍겠지. 여보는 사진작가잖아."

너는 무슨 당연한 소리를 하냐는 듯한 표정으로 나를 보았다.

"그러니까 얼른 저기에 서 봐 내가 찍어줄게."

나는 너의 등을 밀며 말했다.

"알겠어, 알겠으니까 그만 밀어!"

너는 장난스러운 미소를 지으며 말했다.

"자, 그럼 찍는다. 하나, 둘, 셋!"

찰칵, 명쾌한 셔터음이 들렸다.

내 카메라에 담긴 활짝 웃고 있는 그 모습은 너무나도 아름다워 한 순간에 내 시선을 앗아갔다.

"어때? 잘 나왔어?"

내심 사진이 궁금한지 슬금슬금 다가오는 너였다.

"넌 예전이나 지금이나 항상 예쁘게 찍혔어."

난 네가 찍은 장소를 다시 한번 바라보며 이야기했다.

사실 이 장소는 예전에 너와 같이 하교를 하다가 주변 풍경과 너무 잘 어울리는 바람에 또다시 한번 몰래 사진을 찍은 곳이었다. 하얀색 울타리와 그 옆에 피어 있는 붉은색 꽃이 어찌나 잘 어울리던지 꼭 한 폭의 그림을 보는 듯했었다.

긴 시간이 지난 지금 다른 곳과 달리 변한 점이 하나도 없는 이곳은 누군가가 고의로 훼손하지 않는 이상 여전히 이곳에 남아 우리의 추억 한 부분을 장식해 줄 것이다.

주변을 조금 더 둘러보다 보니 벌써 해가 져서 어둑어둑 해가 지고 있었다. 지금은 초여름임에도 불구하고 학교가 위치한 동네는 그렇게 번화가가 아니라서 주변보다 더 빨리 어두워졌다. 우리는 더 어두워지기 전에 서둘러 차로 돌아와 예약해놓은 숙소로 향했다.

하루종일 열심히 움직인 탓이었는지 씻고 침대에 눕자마자 누가 먼저랄 것도 없이 긴 잠에 빠졌다.

2022/ 06/ 21/ 화

여행의 두 번째 날이 밝았다.

아침에 느긋하게 일어나 나갈 준비를 마치고 차에 올랐다.

대략 1시간 30분쯤 갔을까 우린 바다에 도착했다.

이곳은 우리에게 굉장히 중요한 장소이자 잊을 수 없는 기억을 남겨준 곳이었다.

그때 여기서 만난 우리는 서로가 서로의 운명이라고 직감하고 있었다. 고등학교 졸업식 날 고백도 못하고 어영부영 그렇게 이별을 했었는데 대학 엠티날에 바닷가에서 만날 줄을 누가 알았겠는가!

대학도 완전 다르게 가서 다시는 만날 일이 없다고 생각해 몰래 숨겨 키워두었던 마음도 접으려 했었는데 이렇게 실제로 보게 되니 이제 다 접은 것 같던 마음도 다시 불씨를 붙인 듯 활활 타올랐다.

"어? 너 여름이 아니야?"

사실 저 멀리서부터 너였다는 걸 알아봤지만 네가 가까이 다가올 때까지 일부러 기다렸다가 말을 걸었다.

"어? 야! 너 한서준 맞지?"

내 부름에 너는 단숨에 고개를 돌려 나를 보더니 얼굴에 웃음꽃이 활짝 피어 말했다.

"서준이 너도 엠티 온 거야?"

너는 가던 걸음도 멈추고 내 앞에 서서 본격적으로 말을 걸기 시작했다.

"응, 나도 엠티 왔어. 근데 여기서 이렇게 너랑 만날 줄은 몰랐네."

다시 한번 생각해 봐도 정말 신기했다. 사실 엠티 장소가 서로 겹치는 경우가 있어서 내심 겹칠 거면 가서 널 만났으면 좋겠다고 생각했지만 그럴 가능성은 엄청나게 낮아 거의 기대 안 하고 있었는데 이렇게 만난 것이 꿈같았다.

이게 정말 꿈일까 싶어 몰래 허벅지를 꼬집어 봤지만 아픈 거 보니 꿈은 아니었다.

"그러게 진짜 신기하다!"

너도 이런 상황이 신기한지 눈을 동그랗게 뜨며 말했다.

이후로 이태까지 못했던 이야기를 더 나눠보고 싶었지만, 저 멀리서 그녀의 친구들이 너를 부르는 모습을 보았다.

"어, 저기 친구들이 너 부르는 거 같은데?"

정말 아쉬웠지만 애써 쿨한 척 아무렇지 않은 척 너에게 사실을 알렸다.

"어! 정말 그러네…… 아쉽다."

너의 표정에서도 아쉬움이 묻어나오는 것을 보고 그냥 붙잡을까 생각했지만, 같이 온 친구들에게 예의가 아니라는 생각이 들어 다음에 만나자는 말을 했다.

"아니, 다음 말고 오늘 저녁에 여기서 만나자."

하지만 이 말을 듣고 내 생각은 완전히 날아가 버렸다.

"어? 응…… 그래 알겠어."

다시 생각해도 정말 얼빠진 얼굴로 대답을 했음이 분명하다. "그래! 그럼 내가 문자로 만날 시간 보내줄 테니까 그때 나와!"

이 말을 마지막으로 너는 친구들에게로 달려갔다.

친구들이 굳어 있는 내 뒤통수를 때리기 전까지 달려가는 너의 뒷모습을 보며 한동안 그 자리에 서서 멍을 때린 것 같다.

"야! 뭐 하나 빨리 오라고."

"어, 어 알겠어. 지금 갈게."

맞은 뒤통수를 손으로 문지르며 친구들을 따라가고 있을 때쯤 휴대폰에 진동이 울렸다. 재빨리 주머니에서 휴대폰을 꺼내 화면을 확인하자 제일 위에 떠 있는 너의 이름을 보고 얼굴이 새빨개지기 시작했다.

'오늘 저녁 9시 아까 만났던 곳으로! - 여름-'

'응 알겠어, 아무리 여름이라도 밤바다는 쌀쌀하니까 옷 따뜻하게 입고 나와.'

화면상에서의 나는 아무렇지도 않아 보이지만 현실의 나는 너무 기뻐 지금 입꼬리가 하늘로 승천할 정도였다.

이때 이후로 하루종일 놀지도 않고 질문해도 혼이 빠진 듯 대답만 하며 시계만 쳐다보고 있자 친구들과 선배들이 저 새끼 왜 저러냐는 눈빛으로 한 번씩 보고 지나갔지만 지금 내 눈에는 오직 시계밖에 들어오지 않았다.

고등학교 때 하지 못했던 고백을 오늘 할까 생각도 해보았지만 내 몸이 그렇게 건강한 편도 아니고 언제 다시 암이 재발할지도 모르는데 섣불리 고백하면 여름이만 힘들어지는 게 아닐까 하는 생각에 고백은 고이 접어 하늘로 날려 보냈다.

　사실 고등학교 때도 이런 이유로 마음을 전한다는 것에 있어 많은 고민을 했었다. 암이라는 것이 쉽게 낫는 것도 아니고 완치되었다고 해서 다시 재발할 수도 있는 가능성이 높아 나는 항상 마음을 전하는 것에 있어서 어색하고 또 싫어했다.

　실제로 너를 만나기 전까지만 해도 '혼자 살다가 조용히 죽어야겠다.'라고 생각했었기에 고백은 더더욱 나에게 할 수 없는 것이었다.

　괜히 이런 생각을 한 것일까 방금까지만 해도 기대되었던 너와의 만남이 조금 부담스러워지기 시작했다.

　하지만 이런저런 고민을 하다 보니 벌써 시간은 8시 40분이었고 조금 지끈거리는 머리를 붙잡으며 나갈 채비를 했다.

　약속장소에 10분 일찍 도착하여 기다리고 있자 저 멀리서 날 부르는 소리가 들렸다. 익숙한 목소리에 고개를 들어 바라보자 열심히 뛰어오는 너의 모습이 마치 강아지처럼 보여 나도 모르게 피식 웃고 말았다.

　조금 전까지만 해도 조금 부담스럽다는 생각이 들었는데 널 보자마자 생각했던 것이 무안할 정도로 사라져갔다.

　"오래 기다렸어······? 미안해, 친구들이 자꾸 붙잡아서 떼어놓느라 조금 늦었어."

　뛰어와서 그런지 상기된 얼굴로 지친 숨을 가다듬으며 나에게 말했다.

　"아니야, 나도 금방 나왔어. 천천히 걸어와도 되는데."

　라고 말하며 나는 미리 사다 놓은 물을 너에게 건넸다.

"고마워! 넌 고등학교 때도 잘 챙겨주더니 여전하구나."

넌 물을 건네받아 뚜껑을 열면서 말했다. 오랜만에 만나서 어색했는지 우리는 이때 이후로 아무말이 없었다. 서로 무슨 말은 할지 고민하고 있는 듯했다. 어색한 정적이 참을 수 없는 내가 먼저 바닷가를 걷자고 제안을 하려는 순간 너의 말이 들려왔다.

"우리 바닷가 조금 걸을까? 나 너한테 하고 싶은 말이 있는데……."

너도 나랑 같은 생각을 했나보다.

"응, 좋아."

나는 싱긋 웃으며 대답을 했다. 하지만 내심 속으로는 네가 하고 싶은 말이 너무 궁금하여 난리가 났다.

'고백일까..? 에이, 설마 여름이가 나한테 고백을 할 리가 없지.'

'만약 진짜 고백이면 어떡하지…… 내 마음대로 하기에는 너무 이기적인가.'

겉으로는 태연한 척을 하며 걷고 있지만 내 모든 신경은 내 옆에서 흥얼거리며 걷고 있는 너에게만 집중되었다.

분명 주변에 다른 사람이 있음에도 불구하고 오직 너랑 나만이 이곳에 존재하는 것만 같았다. 그렇게 아무 말 없이 걷기를 몇 분이 지났을까 옆에서 흠흠 하는 헛기침 소리가 들리기 시작했다. 혹시나 추워서 기침을 하는가 싶어 걱정되는 마음에 고개를 돌려 쳐다본 얼굴에는 왠지 모르게 비장한 표정의 너가 보였다. 한번 크게 심호흡을 하더니 내 옷소매를 붙잡고서는 말을 하기 시작했다.

"저기, 서준아. 내가 정말 많이 고민한 말인데…… 혹시 너만 괜찮다면 우리 사귀지 않을래? 사실 학생 때 고백 못해서 아쉬웠는데 이번에 이렇게 만난 거 보고 운명이라고 생각해서 꼭 하고 싶었어……!"

순간 이 말을 들은 내 귀가 잘못된 줄 알았다. 눈을 꼭 감고 얼굴이 새빨갛게 변해 대답을 기다리는 너의 모습을 보자 나도 모르게 눈에서 눈물이 볼을 타고 흘러내렸다.

그 누구보다도 듣고 싶은 말이었고 하고 싶은 말이었지만 그 순간은 무언가가 안쪽에서 턱 막힌 듯한 기분이 들었다.

훌쩍이는 소리가 들리자 깜짝 놀라 고개를 들어 나를 쳐다보는 두 눈에는 당황스러움이 서려 있었다.

"어? 왜 울어? 그렇게나 싫었어?"

내가 갑자기 울기 시작하자 당황한 너는 안절부절못하며 달래주려고 노력하는 모습이 보였다.

"아니, 그런 게 아니야……. 그냥 너무 좋은데 두려워서……."

"두려워? 뭐가 두려운데? 나한테 이야기해 줄 수 있어?"

두렵다는 나의 말에 단번에 걱정스러운 표정을 지으며 다가오는 너였다.

"너도 알다시피 나는 몸도 약하고 언제 다시 병이 재발할지도 몰라서 널 행복하게 만들지 못할 수도 있어……. 언젠가 내가 널 혼자 두고 떠날까 봐 그게 너무 두려워."

나는 흐르는 눈물을 막지도 못하고 덜덜 떨리는 목소리로 말했다. 용기를 내서 말한 너의 얼굴을 차마 보지 못할 것 같아서 고개를 푹 숙이고 하염없이 울기만 했다.

하지만 넌 여전히 다정히 다가와 그저 떨리는 내 손을 붙잡아 줄 뿐이었다.

"괜찮아, 괜찮을 거야. 이제는 내가 옆에서 도와줄게, 우리 같이 노력하자."

눈사울이 조금 붉어진 너는 애써 감추려고 활짝 웃으며 말했다.

"내가 정말 사랑받을 가치가 있는 사람일까……?"

하지만 이미 나는 패닉에 빠져 아무런 소리도 듣지 못했다. 그저 내 두 손에 올려진 따뜻한 온기만을 느끼고 있었다.

그 순간 너는 내 볼을 두 손으로 세게 잡으며 말했다. 얼마나 세게 잡았는지 짝 소리가 들렸다.

"그런 말 하지 마! 넌 충분히 가치 있는 사람이야. 사랑받을 자격이 충분하다고!! 다시는 그런 소리 하기만 해봐 가만두지 않을 거니까."

처음 보는 너의 화난 표정에 저절로 정신을 차릴 수밖에 없었다.

"알겠지? 대답해."

너는 아직도 불안한 내 얼굴을 보고선 말했다.

"알겠어."

눈물이 맺힌 눈으로 널 쳐다보며 말하니 마치 잘했다는 표정으로 내 볼을 한번 쭉 늘린 후에야 손을 뗐다.

"그럼, 이제 문제 해결됐으니까 우리 사귀는 거다?"

너는 내 손을 잡으며 활짝 웃어 보였다.

"그래, 우리 사귀자."

그 태양처럼 밝은 웃음이 어두웠던 내 마음에 떠올랐다.

지금 여기 서 있는 순간도 그날의 기억은 꿈만 같았다. 그때와는 다르게 지금은 밤바다가 아니었지만 그날의 순간은 새록새록 기억이 난다. 나는 자연스레 카메라를 들어 지금의 바다를 한 컷 찍었다. 카메라 속에 담긴 햇빛에 반짝이는 바다가 마치 이 세상에 단 하나밖에 없는 보석처럼 소중했다.

하지만 어김없이 감동적인 순간은 끝났나보다 또 무언인가가 생각이 난 듯 개구지게 웃어오는 너를 봐버렸다.

"여보, 그거 기억나? 나 여기서 고백했을 때 울었잖아. 너무 좋아서가 아니라 두려워서랬나?"

너는 약점 하나 잡았다는 듯이 큭큭 웃으며 말했다.

"반박하고 싶은데 반박할 수가 없네!"

나는 장단을 맞춰주기 위해 가슴에 손을 얹고 타격을 입었다는 듯이 비틀거리는 자세를 취하며 말했다. 넌 이런 내 반응이 웃겼는지 한참동안 웃었다.

다 웃고 난 후 우리 사이에 약간의 짧고도 긴 정적이 찾아왔다. 그 사이를 채우고 있는 것은 파도의 시원한 소리와 가끔씩 우는 갈매기의 울음소리 뿐이었다.

할 말이 많았지만 굳이 하지 않는 것처럼 조용하게 바다만 바라보다 나는 말을 꺼냈다.

"미안, 그때 이야기했던 게 현실로 되어버렸네."

실없이 웃으며 너를 쳐다보았다.

"괜찮아. 나는 벌써 그때 마음 다잡았어. 근데, 이제는 두렵진 않아?"

너는 담담한 목소리로 바다를 바라보며 말했다. 조금 정곡을 찌르는 말에 당황했지만 고민은 이미 끝난 상태였기 때문에 금방 평정심을 되찾고 말했다.

"두려워. 근데 네가 곁에 있을 거니까 걱정은 안 해."

꽤 단호한 목소리로 말하며 흔들리지 않는 눈빛으로 저 멀리 하늘을 쳐다보았다.

"다행이네."

넌 이런 나의 태도가 맘에 들었는지 손을 세게 붙잡아왔다. 예전이나 지금이나 여전히 날 믿어주고 밀어주는 너의 손이 든든하게 느껴졌다. 이런 네가 있기에 내가 지금까지 행복하고 즐겁게 지낼 수 있었던 것 같다.

그렇게 우린 몇 분 동안 바다를 더 보다가 점심을 먹으러 갔다.

2022/ 06/ 22/ 수

또다시 아침은 밝았고 이제 3번째 여행날이었다. 오늘부터는 우리가 신혼여행으로 돌아다녔던 지역을 하나씩 다 가보기로 했다. 남은 기간에도 알차게 보낼 수 있도록 계획을 꼼꼼히 세워놓았다.

보통 다들 신혼여행을 해외로 가지만 우리는 내가 몸이 좋지 않아서 국내 여행으로 결정했다. 해외로 가지 못해서 얼마나 미안했던지 난 아직도 그게 마음에 가장 걸리는 것 중 하나다. 그렇지만 넌 남들과는 다른 추억을 만들 수 있다고 해서 오히려 좋다고 말해 주었다. 너무 고마워서 신혼여행 내내 거의 여왕으로 모셔 극진한 대우를 해 줬던 것이 아직도 잊혀지지 않는다.

"우리 처음으로 갔던 곳이 어디였지?"

"무주! 거기 숙소 완전 좋았는데 이렇게 한번 더 가게 되네."

이 말을 계기로 넌 차를 타고 가면서 무주에서 있었던 이야기들을 계속 풀어나갔다. 덕분에 긴 운전시간 동안 맑은 정신으로 안전하게 도착할 수 있었던 것 같다.

전 숙소에서 좀 이른 시간에 출발해서 그런지 체크인 시간보다 조금 빨리 도착해버렸다. 다른 곳에 가기엔 시간이 애매해서 어쩔 수 없이 숙소 근처에서 기다리기로 했다.

"자기야! 여기 와서 서 봐 사진 찍어줄게!"

"뭐? 네가? 잘 찍을 수 있겠어?"

내 사진을 찍어준다는 너의 말에 나는 의심하는 표정으로 목에 걸려 있던 카메라를 손에 쥐여주었다.

"웃어야지 뭐 하는 거야! 포즈도 어색해."

확실히 내가 느끼기에도 얼굴에 지어진 미소와 어정쩡하게 서 있는 자세는 어색했다. 하지만 여기서 조금만 더 웃으면 얼굴 근육에 경련이 올 것 같았다. 주로 다른 사람의 사진을 찍어주다 보니 내 사진을 찍은 적이 한 번도 없어서 이렇게 어색한가 싶은 생각이 들어 평소에 내 사진도 좀 찍고 다닐 걸이라는 후회가 이제서야 밀려왔다.

"그럼 일단 찍을게 웃어! 하나, 둘, 셋!"

찰칵, 평소와 똑같은 셔터음이 들려왔다. 하지만 어딘가 모르게 조금 어색하게 들리는 건 서로가 지금의 자리에 어색해서 그런 것이 아닐까.

"아, 정말 웃으라니까. 웃지도 않고……."

마음에 안 든다는 표정으로 사진을 확인한 너는 가볍게 주먹으로 내 가슴을 때렸다.

"미안, 미안. 한 번도 내가 찍혀본 적은 없어서 어색했어."

멋쩍게 웃으며 머리를 한번 긁적였다.

"이제는 내가 찍어줄게. 자기도 저기 가서 서 봐."

너의 손에 들려져 있는 카메라를 받아들고 손짓하기 시작했다. 역시 저런 꽃이 잔뜩 피어난 장소에는 내가 아니라 네가 잘 어울렸고 바람에 흩날리는 꽃잎처럼 수려한 웃음을 짓는 모습은 여전히 변함없이 시선을 앗아가기에는 충분했다.

주변에서 사진을 찍으며 시간을 보내다 보니 체크인 시간이 코앞으로 다가왔다. 새로운 추억들로 가득 찬 카메라를 확인한 나는 뿌듯한 마음으로 짐을 풀 수 있었다.

원래 계획대로라면 짐을 풀고 바로 주변을 구경나갈 참이었지만 장시간 운전을 한 탓인지 몸 상태가 좋지 않아 잠시 쉬었다가 가기로 했다.

어제부터 기침이 자주 나더니 오늘은 약간 열이 나는 것 같기도 하여 급하게 감기약을 먹고 천천히 침대에 누웠다.

다행히도 약간의 휴식이 도움이 되었는지 아까보다는 훨씬 몸 상태가 좋아진 것을 느꼈다.

"여보 이제 슬슬 가도 될 것 같은데? 훨씬 괜찮아졌어."

"그래? 정말 괜찮은 거 맞아? 정 힘들면 오늘은 푹 쉬고 내일부터 움직여도 돼."

정말 괜찮다는데도 넌 영 미덥지 못한지 게슴츠레 눈을 뜨고 날 여기저기 살펴본 후에야 알겠다고 했다.

"그럼 이제 출발해 볼까?"

"정말 운전 괜찮겠어? 그냥 내가 할까?"

사실 몸 상태가 완전히 회복되지는 않아서 그냥 부탁할까 생각이 들었다.

하지만 이번이 마지막 여행이라고 생각하니 내가 할 수 있는 모든 일은 다 해주고 싶은 마음에 옆에서 안절부절못하는 너를 애써 무시하며 말했다.

"괜찮다니까 그러네. 너무 걱정하지 마."

너의 손을 꼭 잡으며 말했다.

"알겠어. 힘들면 꼭 말해야 해, 알겠지?"

어쩔 수 없다는 듯이 웃으며 내 손을 맞잡아 오는 너의 온기가 나를 걱정한다고 말하는 듯했다.

겨우겨우 출발하게 된 우리는 예상보다 늦어진 일정에 서둘러 다음 목적지로 향했다.

신혼여행 당시에는 덕유산에 갔었지만 지금 내 몸 상태로는 산을 못 오를 것 같다고 판단하여 두 번째 목적지였던 와인 동굴로 바로 향했다.

그때는 저녁에 도착해서 분위기 있게 와인을 마셨었다. 하지만 지금은 낮에 와서 그런지 저녁과는 다른 분위기를 풍기고 있었다.

"낮에 와서 그런지 저번이랑은 분위기가 다르다."

표를 끊고 동굴 안으로 들어가자 밖과는 사뭇 다른 시원한 공기가 우리의 열기를 식혀 주었다.

시원함을 느끼며 너의 손을 맞잡고 천천히 동굴 속을 걸어 나가니 꼭 일자로 뻗어진 길이 결혼식 때 버진로드를 걷는 것 같은 느낌을 주었다. 마침 옆에 꽃장식까지 있어서 더욱 그런 느낌이 드는 것 같았다. 무슨 동굴을 걸어가면서 결혼식을 생각하냐고 이상하게 생각할 수도 있지만, 시간이 얼마 남지 않은 나에게는 주변의 사소한 것 하나까지가 너무나도 소중해서 하나씩 의미부여를 하게 되었다.

한 걸음 한 걸음 걸어 나가는 발걸음이 꼭 그날의 결혼식으로 우릴 데려다주는 것 같았다.

어느 날보다도 많이 긴장한 순간이었고 내 인생에서 다시는 오지 않을 처음이자 마지막인 순간이었다.

아직도 신부 대기실에 부케를 들고 앉아 있던 너의 모습을 처음 본 순간은 내가 죽고 난 후에도 잊지 못할 것이다.

너무나도 아름다워서 마치 시간이 멈춘 것처럼 그 공간에 너와 나만 있는 것처럼 느꼈었다. 오죽하면 사진작가분이 괜찮냐고 나의 등을 두드려줄 정도였으니까.

내가 이렇게까지 행복해도 되나 싶었고 내 곁에 남아준 너에게 고마웠다.

결국, 북받쳐 오르는 눈물을 주체하지 못하고 결혼식 마지막 순간에 펑펑 울어버렸던 부끄러운 장면이 기억이 난다.

"우리 결혼식 날 기억나?"

"결혼식? 당연하지 자기가 그때 엄청 많이 긴장해서 잊으려야 잊을 수가 없지."

그때만 생각하면 덩달아 자기도 긴장된다면서 고개를 좌우로 저으며 말을 하는 너를 보니 많이 심각했다는 생각이 들었다.

그렇게 결혼식에 관한 에피소드를 이야기하며 걷다 보니 와인과 치즈를 먹을 수 있는 곳에 도착했다.

아쉽게도 차를 끌고 와서 와인은 못 마셨지만 대신 숙소에 가서 먹으려고 와인 한 병과 치즈를 구매했다.

다시 숙소로 돌아가기 위해 차에 올라타 잠시 숨을 돌렸다.

그렇게 오래 걸은 것도 아니고 빠르게 걸은 것도 아닌데 이상하게 숨이 찼다.

"괜찮아? 숙소로 돌아가는 길에는 내가 운전할까?"

거친 숨을 몰아쉬는 나를 보며 불안하다는 듯이 말했다.

"어……. 그럼, 미안하지만 이번만 운전해 줘, 부탁할게."

최대한 내가 운전하고 싶었지만, 지금은 정말 몸 상태가 안 좋았기 때문에 어쩔 수 없이 맡길 수밖에 없었다.

사가지고 온 생수를 한 모금 마시자 그나마 나았지만 한동안 하지 않았던 기침을 다시 하기 시작했다.

그렇게 터진 기침은 숙소로 돌아가는 길 내내 기침은 멈추지 않았고 옆에서 운전하는 너의 얼굴이 점점 굳어져 가는 것이 보였다.

기침이 계속 나오니 몸에 저절로 힘이 들어가서 배가 아파오기 시작했다. 숙소까지 가는 시간이 그렇게 오래 걸리지 않았는데 이번만

큼은 정말 길게 느껴졌다.

숙소에 도착하자마자 넌 바로 차에서 내려 내가 타고 있는 조수석
의 문을 열어 내 상태를 살폈다.

"괜찮아? 어서 병원 가자."

"그 정도는 아니야. 잠깐 쉬면…… 사그라들 거야."

힘겹게 한 문장을 내뱉자마자 다시 시작되는 기침에 급하게 근처
에 휴지를 뽑아 입을 막았다.

어디서부터 잘못된 것일까 기침을 하고 확인한 휴지에 피가 묻어 나
왔다. 최대한 너에게 보이지 않게 휴지를 숨기고 입가를 얼른 닦았다.

"진짜 괜찮은 거 맞아? 지금이라도 병원 가자."

일단 울먹거리며 어쩔 줄 몰라 하는 너를 진정시켜야 했다.

"괜찮아. 일단 지금은 약 먹고 내일 같이 병원 가보자, 알겠지?"

애써 괜찮은 척을 하며 힘없이 웃어 보였다.

부축을 받고 올라온 숙소에서 얼른 약을 찾아 먹고 침대에 누웠다.
사실 저번부터 몸 상태가 계속 안 좋았지만, 이 여행이 끝이 날까 봐
억지로 숨겨왔는데 이제서야 참았던 것이 터진 것 같다.

각혈을 했으니 이제 정말 나에게 남은 시간은 없었다. 아마 의사가
말했던 5개월보다 더 빠르게 떠날 것 같았다.

옆에서 거의 반쯤 울며 나를 간호하고 있는 너를 보니 미안함이
올라왔다.

마지막일지도 모르는, 아니 마지막 여행을 결국 다 못 끝내게 됐
으니 말이다.

"미안, 계획했던 여행…… 다 못해서…… 기대했을 텐데."

아쉽다는 표정을 지으며 간호 중인 너의 손을 붙잡으며 말했다.

"무슨 소리 하는 거야! 여행보다 네 몸이 더 소중해. 내일 아침에 바로 병원 가자."

"그래…… 그러자, 그리고 고마워."

이 대화를 마지막으로 나는 잠들었고 눈을 뜬 건 다음날 아침이었다. 내 옆에는 밤새 울었는지 눈가가 퉁퉁 부은 네가 자고 있었다.

나는 손을 뻗어 빨갛게 부은 눈가를 살살 쓸어 만졌다.

이런 나의 손길에 잠에서 깼는지 눈을 뜨는 너였다.

"깼어? 몸은 괜찮아? 기침은 이제 많이 안 나?"

일어나자마자 내 몸 상태에 대해 마구 질문해오는 너를 보니 나를 많이 걱정했다는 것이 느껴졌다.

"어제보단 괜찮아, 확실히 기침도 안 해!"

확실히 어제보다는 괜찮다는 몸을 보여주려고 평소보다 오버를 하며 말했다.

"그래도 병원은 가야 되겠지?"

아무리 몸이 괜찮아도 병원을 가는 것은 피하지 못할 것 같아 아쉬웠지만 어쩔 수 없이 말했다.

"당연하지. 얼른 출발하자. 짐은 어제 내가 다 싸 놨어."

짐을 다 쌌다는 너의 말에 깜짝 놀라 주위를 둘러보니 정말 깔끔하게 정리된 방 안에 캐리어 두 개만 덩그러니 놓여 있었다.

"미안, 아무런 도움도 못 줬네……."

괜히 머쓱하게 웃어 보이며 머리를 긁적였다.

"괜찮으니까 얼른 갈 준비나 해."

꽤 단호하게 괜찮다고 말하는 모습을 보니 어딘지 모르게 든든함이 느껴졌다.

얼른 옷을 갈아입고 다시 차에 올랐다. 내가 다니던 병원까지는 여기서 거리가 꽤 멀어서 운전하는 시간이 길 텐데 각오했다는 표정으로 운전대를 잡은 너를 보고 내가 운전하겠다는 말은 할 수가 없었다.

그렇게 몇 시간을 달렸을까 나도 모르는 새 잠이 들어버려 병원에다 도착하고 날 흔들어 깨우는 너의 손길에서야 일어날 수 있었다.

빠르게 접수를 하고 의자에 앉아 기다리니 금방 내 이름이 들려왔다. 사람이 많이 없어서 그런지 검사도 금방 받을 수 있었다.

그렇게 검사를 다 받고 의자에 앉아 잠시 기다리자 다시 한번 내 이름이 불렸고 우린 긴장하며 진료실로 들어갔다.

내가 가장 싫어하는 순간이 바로 이 순간이다.

진료실의 문을 열고 들어가면 의사의 마우스 클릭 소리와 무슨 말을 할지 짐작도 되지 않는 그 적막이 너무나도 싫었고 단지 우린 그 적막 사이에서 심각한 이야기가 아니기를 빌 수밖에 없다.

몇 분의 숨 막히는 정적이 흐른 후 드디어 의사의 한마디가 떨어졌다.

"상태가 많이 좋지 않습니다. 빠른 속도로 암이 전이되고 있어요. 입원해서 치료받는 것을 추천드립니다."

말 한마디가 이렇게나 무거울 수 있을까 이 한마디에 방 공기가 순식간에 가라앉았다. 지금, 이 공간 안에 있는 모든 것이 나를 압박하고 있는 것만 같았다.

"입원하면 조금이라도 시간을 벌 수 있을까요……?"

이 압박을 깬 건 다름 아닌 덜덜 떨리는 목소리로 별로 보이지 않는 희망이라도 잡으려고 하는 너의 목소리였다.

"죄송하지만 사실 입원을 해도 별다른 소득은 없을 겁니다."

냉정한 의사의 말에 다시 한번 정적이 찾아온다.

"그런……. 그럼 어떻게……."

마지막 희망도 놓쳐버린 듯 절망스러운 목소리가 들려왔다.

"그래도 입원을 하지 않는 것보다는 괜찮을 겁니다."

"아뇨, 전 입원을 하지 않겠습니다."

나의 이 말 한마디에 방 안에 있는 모두가 놀라 날 쳐다보았다.

"무슨 소리를 하는 거야……. 그래도 입원을 하면 조금이라도 시간을 벌 수 있잖아……."

넌 제일 크게 놀라며 눈물 고인 눈으로 날 쳐다보았다.

하지만 이미 난 마음을 다잡은 상태였기 때문에 내 결정이 바뀔 일은 없었다.

"아니, 어차피 입원해도 곧 없어질 목숨, 조금이라도 우리 집에서 너랑 함께 있는 시간이 더 소중해."

너의 손을 꼭 잡고 눈을 맞추며 내 고집스러운 다짐을 이해해 주길 바랐다.

"내 몸이 더 안 좋아지면 그때는 입원할게, 지금은 아직 괜찮아. 할 일이 아직 남았는걸……. 의사 선생님, 지금 말고 나중에 입원하면 안 될까요……?"

"안 될 건 없지만……. 정말 괜찮으시겠습니까? 입원 시기가 늦어질수록 살 가능성은 줄어듭니다."

"괜찮아요, 이미 전 결정했습니다."

"그럼 약이라도 처방해 드리겠습니다."

결국, 입원은 나중으로 미루고 전쟁 같았던 진료실에서 빠져나왔다. 우린 서로 아무 말도 하지 않고 그대로 차에 올라탔다.

"미안, 멋대로 결정해서."

"아냐……. 다 자기가 생각이 있어서 결정한 거잖아. 난 그냥 믿고 있을게."

"고마워……. 이해해 줘서……."

이 대화를 마지막으로 우린 집까지 아무 말 없이 갔다.

시선을 돌린 창문 밖으로 익숙한 풍경들이 스쳐 지나갔다.

지겹도록 본 풍경이었는데 어딘가가 특별하게 느껴지는 것은 나에게 남은 시간이 얼마 남지 않았다는 증거일까.

병원을 갔다 오고 이틀이 지났다. 우린 평소와 똑같이 일어나서 아침을 먹으며 수다를 떨고 같이 TV를 보고 그러다 지치면 낮잠을 잤다. 다시 돌이킬 수 없는 순간인 걸 알기에 무엇보다도 함께 있는 시간이 소중했다.

"나 오늘은 잠깐 산책 좀 다녀와도 될까?"

"산책? 혼자 가게?"

"응, 어디 들를 곳이 있어서."

"그래, 조심해서 갔다 와야 해."

그래도 오늘은 차마 널 데려갈 수 없었다. 나는 한 손에 카메라를 들고 길을 나섰다.

딱 한 번 가봤던 곳이라서 잘 찾아갈 수 있을까 걱정했지만, 다행히도 저 멀리 보이는 간판에 안도했다.

나를 맞이해 주는 딸랑거리는 종소리를 듣고 가게 안으로 들어갔다.

"안녕하세요, 향수에 관한 정보를 듣고 왔는데요."

"아! 그때 그 손님이시군요, 반가워요."

모코스는 앉을 자리를 가리키며 말했다.

"그럼 어떤 향을 원하세요? 탑, 미들, 베이스 세 가지의 향을 말씀해 주시면 됩니다. 탑은 처음 맡았을 때 나는 향이고, 미들은 탑이 끝나면 나는 향, 베이스는 은은하게 남는 향입니다."

나는 잠시 고민을 하며 카메라의 사진을 뒤적거리며 조심히 말을 꺼냈다.

"탑은……. 여름의 풀 내음이 났으면 좋겠어요. 미들은 여름에만 맡을 수 있는 꽃 내음이 났으면 좋겠고, 베이스는 따뜻한 햇살에 말린 포근한 향이 났으면 좋겠어요."

"꽤 향에 대한 설명이 자세하네요. 혹시 각각의 향마다 의미가 담겨 있나요?"

"제가 선물해 주고 싶은 사람에게서 느껴지는 향이거든요……. 그래서 꼭 이 향으로 하고 싶었어요."

네 생각만 해도 웃음이 나 살짝 웃으며 대답했다.

"알겠습니다. 향수는 완성되는 대로 연락 드리겠습니다."

"최대한 빨리 해주실 수 있을까요?"

"숙성까지 하면 최소 한 달이 걸리는데 숙성하지 말고 바로 드릴까요?"

"아, 아뇨. 한 달이면 괜찮을 것 같네요. 그럼 잘 부탁드립니다."

생각했던 것보다 빨리 끝나버린 이야기에 약간 아쉬웠지만, 집으로 발걸음을 옮겼다.

체력이 많이 안 좋아졌는지 고작 몇 분 걸었음에도 힘들어서 집에 도착하자마자 침대에 누워 완성되고 난 후의 향수를 생각하며 잠에 들었다.

향수 가게를 들르고 난 후 많은 것들이 바뀌었다. 몸 상태는 갈수록 안 좋아졌으며 3주를 꾸역꾸역 버티다가 4주째 되는 날에 결국 병원으로 실려 갔다.

이제는 정말 끝이 다가오고 있다는 것을 느꼈다.

딱 오늘이 향수가 완성되는 날이었는데 병실에 있는 나는 직접 찾으러 갈 수가 없었다.

병실 침대에 누워 향수 가게 명함에 적혀 있는 전화번호로 직접 가지러 갈 수가 없으니 이곳으로 배송을 부탁한다는 연락을 한 뒤에야 조금 안심이 되었다.

빠르게 일 처리를 해주었는지 다음날 향수가 도착해 있었다.

포장을 뜯어 시험 삼아 뿌려서 맡아보니 딱 내가 생각했던 향이어서 너무 만족했다.

이 향수는 내가 봐왔던 여름의 첫인상을 그대로 담은 향수이다. 향의 진행 순서대로 처음 만났던 순간의 풋풋함, 그 풋풋한 사이에 숨겨져 있었던 꽃의 향, 마지막으로 너의 성격을 그대로 나타내는 따뜻한 햇살 향까지 완벽했다.

이제는 편지만 적으면 너에게 줄 마지막 선물은 완성이었다.

입원하기 전 미리 사 놓은 선물상자와 지금까지 열심히 찍은 사진 앨범과 마지막 향수까지 이제 모든 것이 도착했다.

이렇게 선물을 다 준비하고 며칠이 흘렀을까 계속 병원에 있어 시간의 흐름에 둔해진 나도 직감적으로 알 수 있었다. 내일 작별인사를 해야 할 것이라고.

영원히 내일이 오지 않길 바랐지만, 다음날 창가로 들어오는 햇살이 나에게 현실을 보여주는 듯했다.

"오늘은 빨리 일어났네? 오늘 날씨 좋은데 잠깐 산책 갔다 올까?"

여전히 밝은 모습으로 날 대해 주는 너의 모습에 마음은 더더욱 아파졌다.

"그래, 산책 갔다 오자."

휠체어에 몸을 맡기고 나가기 전 거울을 보며 약간의 채비를 했다. 거울 속에 비친 내 모습은 예전과는 많이 달라져 있었다. 살이 많이 빠져 보기 흉했으며 항암으로 인한 부작용으로 머리카락도 많이 없었다. 하지만 이런 내 모습도 아껴주고 좋아해 주는 네가 있었기에 이런 모습도 받아들일 수 있었다.

"우리 사진 한 장 찍을까?"

산책 도중에 갑자기 사진을 찍자고 하는 너에 나는 기꺼이 응했다. 너도 내가 오늘이 마지막일 것이라는 걸 본능적으로 아는 것 같았다.

산책을 마치고 돌아와 다시 침대에 누웠다. 눕자마자 다시 시작되는 기침 지옥에 이제는 슬슬 체념했다. 계속 줄어드는 수명은 멈출 줄을 몰랐다. 마침 너도 자리를 비워 떠나려면 지금이 기회 같았다. 이렇게 괴로워하는 모습을 너에게 더는 보여주고 싶지 않았다. 한평생 걱정만 끼쳤는데 마지막 순간이라도 조용히 걱정하지 않게 떠나고 싶었다.

하지만 마지막 소원도 들어주지 않는 것을 보니 신은 내가 죽도록 미운가 보다. 천천히 눈을 감으려던 순간 네가 들어오는 것이 보였다.

마지막 힘을 다 쏟아부어 말했다.

"사랑해……. 그리고 고마워……."

그렇게 너는 떠났다. 창밖으로 보이는 풍경과 불어오는 바람, 따뜻한 햇살 모든 것이 그대로인데 그 자리에 너만 없다.

장례식을 하는 동안 눈물은 멈출 줄을 몰랐다. 내 옆에 네가 없는데 평소처럼 똑같이 돌아가는 하루가 너무나도 야속했다.

아직 네가 남기고 간 선물상자는 열어보지도 못했다.

열면 마지막 흔적조차 사라질까 봐 두려웠다. 그래도 다시 한번 너를 보고 싶었기에 상자를 열었다.

상자 안에는 향수처럼 보이는 병 하나와 편지, 그리고 앨범이 하나 들어 있었다.

제일 먼저 편지를 들어 올려 첫 문장을 눈에 담자마자 이제 더는 안 나온다고 생각한 눈물이 흐르기 시작했다.

'나의 처음이자 마지막인 여름에게,

아마 이 편지를 읽게 된다면 이미 난 이곳에 없겠지.

그래도 후회는 없어. 살면서 많은 것을 배웠거든.

여름이라는 좋은 배우자를 만나 누군가를 사랑하는 법을, 나 자신을 아껴주는 법을, 세상을 아름답게 보는 법……

엄청 많아서 다 적을 수가 없을 정도야.

나한테는 너무 과분한 사람이었고 나보다 더 좋은 사람을 만나 죽음이라는 곳에서 멀어졌어야 하는 사람이었는데…… 끌어들인 것 같아서 미안해. 하지만 참 양심 없게도 다음 생에도 그 다음 생에도 나랑 결혼해 줬으면 하는 욕심이 들어.

내가 할 수 있는 건 많은 사랑을 너에게 주는 것뿐이었는데 이제 그러지도 못하네. 아쉽다. 조금 더 사랑한다고 말해 줄 걸 조금 더 같이 있고 싶다고 말할걸…… 미루고 미루다가 결국 못하고 떠날 것 같아. 시간이 흘러 네가 이곳에 올 순간이 다가오면 얼른 달려가서 못해 줬던 만큼 말해 줄게.

그렇다고 너무 빨리 오면 안 된다? 천천히 놀다가 와.

그리고 상자에 같이 들어 있는 향수는 내가 널 생각하면서 만든 거야. 너라면 내가 어떤 순간을 떠올리면서 만들었는지 금방 알 수 있을 거야. 앨범도 꼭 확인해 줘.

마지막으로……. 그거 알아? 우리 처음 만났을 때도 여름이었고,

고백할 때도 여름이었고, 내가 떠나는 지금 이 순간도 여름이야. 그러니 나의 모든 여름을 이곳에 두고 갈게, 잘 간직해 줘.'

"바보……. 아직 하고 싶은 말이 많았는데……. 그렇게 가버리면 어떡해……."

눈물이 너무 많이 흘러 앞이 잘 보이지 않았지만, 그가 남기고 간 향수를 뿌려보았다.

처음에는 풋풋한 여름의 풀 내음이 시간이 조금 더 지나자 향긋한 꽃 내음이 마지막에는 포근한 햇살 냄새가 났다.

조금만 생각해 보면 알 수 있는 향이었다.

처음에 풀 내음은 우리가 처음 만났을 때, 두 번째는 내가 자주 뿌리고 다니던 플로럴 향수의 향, 마지막은 항상 나를 보며 햇살 같다던 네가 하는 말이었다. 이걸 어떻게 모를 수가 있을까.

같이 들어 있는 앨범도 열어보니 사진 한장 한장 옆에 짧은 코멘트가 정성스레 적혀 있었다.

고등학생 때부터 우리가 여행 갔던 순간, 우리의 마지막 순간까지 모든 순간이 빠짐없이 찍혀 있었다.

"정말…… 마지막까지 미워할 수가 없잖아……."

그렇게 난 이제 온기조차 남지 않은 주인 없는 침대를 붙잡고 한참 동안 울었다.

후기

    일단 이야기를 읽어주셔서 감사하다는 말을 전하고 싶습니다. 글을 쓰면서 힘들었던 순간이 많았지만 이렇게 이야기를 완결내고 나니 시원섭섭하면서도 뿌듯한 느낌이 듭니다.

    제가 쓴 이야기는 읽어보시면 정말 주변에서 흔히 보이는 스토리 라인이라고 생각이 드실 겁니다. 아마 그다음 내용을 유추하셨을 수도 있습니다. 그럼에도 이 이야기를 선택한 이유는 시한부라는 위기가 닥친 한 부부간에 일어나는 감정의 변화를 자세히 보여주고 싶었기 때문입니다.

    그리고 이야기를 쓰면서 '어떤 주제를 전달할 수 있을까?'라는 생각을 많이 했습니다. 제 이야기를 보면 주인공 '서준'이 시한부라는 사실을 알게 된 후부터 자기 주위의 풍경들과 지나가는 시간 등 주변을 보는 시선이 달라졌다는 것을 확인할 수 있습니다.

저는 이런 '서준'의 변화를 통해 여러분들에게 똑같은 하루를 보내더라도 이런 평범함을 즐기라고 말해 주고 싶습니다. 하루하루가 반복되는 지겨운 일상에서도 색다른 것은 얼마든지 찾을 수 있고 꼭 특별한 것이 아니더라도 자신이 의미를 부여할 수 있다면 그거 하나만으로도 저는 충분하다고 생각합니다.

저는 평소에 누리고 있던 당연한 것들이 어느 순간 사라진 뒤에야 소중함을 깨닫는 것보다는 지금부터 소중하게 다루다가 나중에 사라진다 해도 후회는 하지 않을 정도로 현재에 최선을 다하는 것이 중요하다는 생각이 듭니다. 이 글을 읽은 여러분들도 미래보다는 현재를 소중하게 여기셨으면 좋겠습니다.

이상으로 후기를 마치겠습니다. 긴 글 읽어주셔서 감사합니다.

네 번째 향

★★★

estar lleno de felicidad
(행복이 가득하다)

2학년 박가람

"수고하셨습니다."

나는 인터넷 강의에서 화학을 가르치고 있는 강사이자 유튜브도 하고 있는 유튜버이다. 내 입으로 말하긴 그렇지만 내 강의를 보고 성적이 올랐다고 하는 학생들이 나름 있는 편이다. 오늘도 강의 영상을 찍고 퇴근한다. 퇴근하면 SNS 메신저를 주로 확인한다. SNS 알림은 따로 켜놓지는 않아서 알림이 울리면 바로 확인하기보단 시간 날 때 몰아서 읽어보는 편이다. 학생들이 게시판을 이용하기도 하지만 메신저로도 질문하는데 고민을 보내는 경우가 많다. 다양한 학생들이 다양한 고민을 보내지만 비슷한 경우가 많다. 메신저를 하는 학생이 한둘이 아니기에 모든 학생에게 답을 해줄 수 없어 학생들의 고민을 강의에 녹이려고 한다. 학생들이 특히 많이 하는 질문이 있다.

"공부를 어떻게 하면 잘할 수 있을까요?"

또는

"대학 갈 수 있을까요?"

이런 질문을 하는 학생들을 대다수이며 이런 학생들을 이해하지 못하는 것은 아니다. 나도 학생이었을 때 이런 고민을 많이 했었기 때문이며 내가 선생님이 되려고 했던 이유 중 하나이다. 학창 시절 가장 기억에 남는 선생님들이 계시는데 그 선생님들의 담당 과목은 국어, 영어 그리고 과학이었다. 내 이름과 같은 순우리말 단어가 있어서 그런지 국어 선생님들께서는 내 이름을 특히 잘 기억해 주셨고 현실적인 조언을 많이 해주셨다. 영어 선생님께서는 내가 힘든 것을 먼저 알아차려 주시고 위로를 해주시던 선생님들이셨다. 내 인생에서 잊을 수 없는 선생님들을 따라 나도 학생들에게 도움을 줄 수 있는 선생님이 되고 싶었다.

다음 날 연구실로 출근하였다. 오늘 대구에 가봐야 해서 올릴 유튜브 영상을 편집하러 잠깐 연구실에 왔다. 영상편집을 하다 보니 어느새 점심시간이 되었다.

"오늘 점심은 뭐 먹을까요?"

"먹고 싶은 거 있으세요?"

"양식?"

"그럼 나가서 먹을까요?"

"좋아요."

연구실 직원들과 나가서 밥을 먹고 바로 서울역에 가기 위해 영상을 노트북에 옮기고 밥을 먹으러 이동하였다.

"선생님, 잘 먹을게요."

"그래. 맛있게 먹고 일 열심히 하자!"

"저 궁금한 게 있는데 선생님은 연애 안 하세요?"

"나? 할 시간이 있어야지. 강의 찍고 책도 만드느라 바쁜데 뭘……."

"그래도 그거랑 별개이지 않나?"

밥을 먹고 서울역으로 이동하여 기차를 탔다. 기차를 타고 대구로 향하는 두 시간 반 동안 영상편집을 하니 생각보다 시간이 빨리 지났다. 기차에서 내려 택시를 타고 언니를 만나러 갔다. 언니를 만나고 그동안 못했던 이야기를 하였다.

"언니 오랜만이네. 할 말이 많았는데 막상 하려니까 말이 안 나온다. 언니가 떠나기 전에 거의 나 돌봐줬잖아. 난 그때를 잊을 수 없고 앞으로도 못 잊을 것 같아. 그때가 너무 좋았어. '행복하다'라는 단어를 이럴 때 사용하는구나 싶어. 그런데 언니가 없으니까 '행복하다'라는 말을 사용할 일이 없더라. 언니랑 있었을 땐 몰랐는데 떨어져 지내다 보니까 행복하다는 말이 쉽게 사용할 수 있는 말이 아니라는 걸 깨달았어. 그리고 나 되게 걱정이 많잖아. 별의별 걱정을 다 하고 있을 때 항상 언니가 해결해 줬는데…… 지금 생각해 보면 그렇게 큰 걱정이었나 싶지만, 그때 당시에는 나한테 되게 큰 걱정이었는데 언니는 되게 아무 일도 아니라는 듯 날 위로해 줬어. 그렇다고 내 말을 흘려듣지도 않고 자기 일처럼 잘 들어주고 너무 고마워. 난 언니가 없어도 언니 같은 사람이 많고 그런 사람을 한 명이라도 만나게 될 줄 알았는데 없더라고…… 날 소중하게 여기고 대해 주는 사람은 언니밖에 없는 것 같아. 예전에도 그랬고 앞으로도 없을 것 같고…… 그래서 언니가 너무 고맙고 한편으론 미안한 감정도 들어. 막상 돌아보니 언니는 나에게 해준 것이 너무 많은데 난 언니에게 아무것도 못 해 주고 떠난 것 같아서 언니가 그렇게 아팠을 때 알지도 못하고 내가 힘든 것만 생각한 것 같아서 정말 미안해. 언니가 아플 때 내가 언니처럼 위로해 줄 수 있지 않았을까 싶기도 하고 위로하는 것이 생각보다 쉬운 것이 아닌데 언니는 그 어려운 걸 매번 해줬잖아. 언니가 매번 해줬는데 나도 언니에게 받았던 거 다 돌려주고 싶어."

처음에는 말이 안 나왔지만 한 마디 두 마디씩 하다 보니 어느새 시간이 많이 흘렀다.

"하고 싶은 말 다 하니까 그래도 후련하다. 생각보다 시간이 많이 흘렀네. 다음에 또 올게. 나 간다."

언니와 헤어지고 택시 타고 본가로 향하였다.

"까치놀아파트로 가주세요."

"혹시 누구 보러 갔는지 물어봐도 되나요?"

택시기사님께서 납골당에서 택시를 탄 나에게 조심스레 물어보셨다.

"아, 사촌언니요."

"사촌인데 많이 친하게 지냈나보다."

"네. 언니가 친동생처럼 대해 줬어요. 그런데 이렇게 되버렸네요……."

"언니분께선 좋으시겠다. 잊어버리지 않고 와주는 동생이 있어서."

기사님의 한 마디에 혼란스러웠다. 항상 언니에게 미안한 감정만 남아있었다. 언니는 나에게 해준 것이 많은데 나는 언니에게 아무것도 못해 주고 언니가 떠난 것 같아서 많이 미안했었다. 그런데 기사님께서 언니가 좋아할 것 같다고 이야기해 주시니 위로가 되었다. 기사님은 본가로 향하는 동안 편하게 말을 걸어주셨고 다른 택시기사님들과 뭔가 다르다는 것을 느꼈다. 택시에서 내려 집으로 올라갔다. 집에 도착하니 저녁시간이 다 되어 어머니께서 저녁상을 차리고 계셨다.

"엄마!"

"윤슬이가?"

"어."

저녁상이 다 차려지고 가족들과 함께 저녁식사를 하였다.

"오늘 네 시쯤 기차 탔나?"

"아니. 두 시쯤."

"근데 저녁 먹을 때 다 되서 오노."

"내려온 김에 언니 만나고 왔지."

"피곤하겠네. 일찍 씻고 자라."

"그러려고 했다."

어머니와 이런저런 이야기를 하고 잘 준비를 끝내고 오늘 온 SNS 메시지를 확인하였다. 오늘 온 메시지 중 가장 눈에 띄는 메시지가 있었다.

'선생님 주변 사람들은 선생님과 있어서 행복할 것 같아요.'

"안 일어나. 빨리 일어나서 밥 먹어라."

"알겠어……."

"점심 먹고 가나?"

"어."

아침을 간단하게 먹은 후 잠깐 산책하러 본가 근처 공원을 찾아갔다. 생각이 많을 때면 산책을 하곤 하는데 오늘도 마찬가지였다. 요즈음 나의 고민을 들어줄 수 있는 사람이 필요했고 유독 언니 생각이 많이 났다. 언니가 곁에 있을 때까진 나의 고민을 들어준 사람은 언니였다. 그런데 언니가 곁을 떠나니 고민을 들어줄 사람이 없어졌고 고민이 생기면 언니가 유독 많이 떠오른다. 특히 생각이 많아지는 때가 있는데 그때가 지금인 것 같다. 산책하고 돌아오는 길 점심에 먹을 떡볶이와 김밥을 포장해서 집으로 향하였다. 집으로 향하는 익숙했던 길에 처음 보는 가게가 하나 있었다. 그 가게를 처음 보지만 낯설지는 않았다. 어떤 가게인지 궁금해서 무언가에 이끌리듯 들어가 보았다. 들어가 보니 유리병이 벽면 전체에 전시되어 있었고 좋은 향기가 퍼졌다. 알고 보니 향수가게였다. 가게를 구경하고 있는 도중 어떤 분이 다가와 물어보셨다.

"좋아하는 향이 있으세요?"

"딱히 좋아하는 향은 없어요."

"그럼 제가 추천드리고 싶은 건 이 향수인데 한 번 맡아 보시겠어요?"

"오! 냄새 좋은데요."

무언가에 이끌리듯 가게에 들어와 향수를 구경하는데 내가 직원분과 이야기를 나누고 있었다.

"그럼 이 제품으로 드리면 될까요?"

"아, 제가 향수를 사용하지 않아서요."

"그럼 섬유탈취제는 어떠세요?"

"좋아요. 향수랑 같은 향으로 하나 부탁드릴게요."

"제가 향수 샘플로 하나 드릴 테니까 한번 사용해 보시고 괜찮으시면 또 사러 오세요."

"네, 감사합니다."

직원분께서 추천해 주신 향수 냄새가 너무 좋아서 나도 모르게 탈취제를 샀다. 향수가게를 나와 집에 도착하여 포장해온 김밥과 떡볶이를 먹고 짐을 싸서 다시 서울로 향했다. 동대구역에 도착하여 기차를 기다리는 동안 역 안의 카페에 가서 앞으로 찍을 강의 내용을 정리하였다. 기차를 타고 가는 동안에도 역시 업무보고 강의 내용을 정리하였다. 집에 도착해서 쉬고나니 저녁시간이 다 되었다. 저녁은 돈가스를 배달시켜 먹었다. 저녁을 먹고 청소를 한 후 일기를 쓰기 위해 거실 책상에 앉았다. 어렸을 때부터 항상 일기를 써왔다. 일기를 쓰며 하루를 성찰하는 시간을 가진다. 오늘도 어김없이 일기를 쓰려고 하는데 어떤 내용을 쓸지 생각나지 않는다. 최근에 쓴 일기를 읽어보는데 일기에 얼마나 무기력하게 하루를 보냈는지 드러났다. 요새 일이 잘 풀리지 않기는 하였다. 학생들에게 어떤 이야기를 해줄지도 모르겠고, 후회하는 일만 생기고, 어떤 영상을 찍어야 도움이 될지 생각나지도 않았다. 앞에 썼던 일기를 읽으면서 느낀 감정, 있었던 일을 떠올리며 오늘 일기를 마무리하였다. 보통 이 시간에 자는 것은 아니지만 오늘은 일찍 잠에 들고 싶었다. 자려고 하는데 갑자기 아침에 샀던 탈취제가 생각났다. 탈취제 포장을 뜯고 집 안에 뿌려 보았다. 뿌려 보니 라벤더 향이 살짝씩 풍기며 어우러지는 상쾌한 향이 확 올라왔다. 평소에 상쾌한 향을 좋아하는 나의 취향에 잘 맞았다.

— 누군가의 발인 날 고인의 자녀로 보이는 한 아이가 계속 울고 있다. 아마 유가족인 듯하다. 고인은 40대 중반으로 보이는 남성이고 몸이 안 좋아서 떠났다고 한다. 자녀는 묘에 도착해서도 쉴 새 없이 울고 있다. 고인의 자녀처럼 보이는 아이는 초등학교 고학년인 것 같고 고인의 부인은 좀처럼 보이지 않는다. 고인의 여동생으로 보이는 한 여자와 그 가족들이 아이에게 다가가 그녀를 안아주며 돌봐주겠다고 한다. 아이는 감사해하며 다시 한번 울음을 터뜨린다.—

'아 꿈이구나……'
일어나 보니 베개가 눈물로 젖어 있었고 아무 생각 없이 베개만 쳐다보았다. 그렇게 쳐다보다가 정신을 차려 보니 출근 준비를 해야 했다. 출근길 운전하면서도 아무 생각이 없었다. 걱정을 쌓아놓고 할 바엔 차라리 아무 생각이 없는 게 나을지도 모른다. 출근해서 오늘 찍을 강의 커리큘럼을 완성하고 점심을 먹었다. 오늘 직원들과 초밥을 시켜 먹었다.
"선생님은 날 거 못 드세요? 초밥시킬 때 항상 우동 드시던데."
"날 거는 잘 못 먹겠더라."
"그럼 뭐 먹고 살아요?"

"쓸데없는 걱정 하지 말고 밥이나 먹어. 그런데 우리 출판사랑 계약 끝났지?"

"네. 밥 드시면서도 여전히 일 생각뿐이시네요."

"선생님도 밥 드실 때 정도는 일 생각하지 말고 밥 드세요."

"알겠어."

강의영상을 찍기 전까지 시간이 남아서 전에 출판한 책들을 훑어보았다. 전에 만든 책들을 보면 보완할 점이나 추가해야할 것들이 잘 보인다. 책을 보고 강의 촬영시간이 다 되어 촬영을 시작하였다.

"안녕하세요. 화학강사 윤슬쌤입니다. 시작하기에 앞서 선생님이 겪은 이야기를 하나 해보려고 하는데……."

"컷."

"수고하셨습니다."

오늘 저녁 친구들과 만나서 술 한 잔 하기로 했는데 예상보다 강의 촬영이 빨리 끝나서 약속장소에 일찍 도착하였다. 친구들도 미리 도착하여 약속시간보다 일찍 모였다.

"아, 맞다! 내 조카가 고3인데 이과란 말이야."

"네 조카?"

"걔 공부 잘 한다며"

"좀 하는 편이긴 하지. 이번 추석에 조카 만났는데 걔가 네 강의 듣는다고 하더라고."

"아, 진짜? 어떻대?"

"원래 시간이 부족해서 시험치면 끝까지 다 못 풀었는데 네 강의 듣고 문제가 더 잘 풀려서 이번 모의고사에선 끝까지 다 풀었다고 하더라고."

"야, 얘가 그 자리에 그냥 오르진 않았겠지."

"뭔 소리야. 그래서 조카 이름이 뭔데?"

"서림이."

'현장강의 열면 그때 꼭 봤으면 좋겠다.'

메시지나 게시판 글을 볼 때 강의를 듣고 성적이 올랐다거나 이해가 잘 되었다는 글을 보면 뿌듯하면서 그 학생들을 한번쯤은 만나보고 싶었다. 현장강의와 인터넷 강의를 같이 하는 것이 아니라 인터넷 강의만 하기 때문에 현장강의는 어쩌다 한 번씩 연다. 길을 지나갈 때를 제외하고 학생들을 만날 수 있는 유일한 시간은 현장강의 시간이다. 다음 현장강의까지 기간이 많이 남았지만 벌써부터 기다려지고 기대된다.

현장강의까지 일주일 정도 남았다. 현장강의가 일주일 정도 남았다는 것은 수능이 삼 주 정도 남았다는 뜻이다. 이번 주에 현재 진행하고 있는 강의 마지막 영상을 찍어야 하고 수능 끝나고 시작하는 강의 교재도 마무리 작업에 들어가야 한다. 직원들이 하나둘씩 출근하여 다 모여 강의 교재를 확인한다. 관련없는 문제가 있는지, 조금더 이해하기 쉽게 표현할 방법은 없는지 등 세부적인 사항들을 고쳐나가기 시작한다. 하나하나 확인하다 보면 시간이 금방 지나간다. 점심시간이 지났는지도 모르게 직원들과 교재수정을 마무리하였다. 강의를 찍으려고 준비하는데 막내직원이 빵과 커피를 사왔다. 배고팠는데 직원 덕분에 허기를 달래고 강의를 찍을 수 있었다.

"언제 사왔어?"

"수정 끝나고 바로 사서 왔죠. 다들 점심도 안 드셨잖아요."

"고마워. 잘 먹을게."

"저기 저희 자주 가는 떡볶이집 옆에 빵집 새로 생겼길래 가서 사왔는데 맛있네요."

"그러게. 우리 또 자주 먹을 것 같아."

일차적으로 수정을 끝내고 퇴근길, 오늘은 유독 길이 더 막혔다. 차들의 경적소리는 시끄럽게 울리고 고함치는 소리도 들렸다. 차에 틀어놓은 노래가 바뀌고 바뀌어도 여전히 그 자리에 서 있는 느낌이었다. 한 열한 번째 노래가 들릴 때쯤 차가 점점 움직이기 시작하였다. 앞으로 가다 보니 전봇대에 부딪혀 찌그러진 차와 그 차에 박은 차 뒤로 줄줄이 찌그러진 차가 이어졌다. 사고 현장을 보니 차가 막히는 이유를 알 것 같았다. 그렇게 집에 도착하여 자기 전 일기를 쓰기 시작했다. 오늘은 생각보다 쓸 내용이 조금 있었다. 새로 생긴 가게의 빵과 오늘 본 사고 현장에 대한 이야기를 써내려 갔다. 어렸을 적부터 꾸미기를 좋아했었기에 한 페이지에 꾸미고 일기를 써내려가면 진짜 하루를 마무리하는 기분이다.

오늘은 현장강의 하루 전이다. 오늘 원래 출근하는 날이 아니지만 내일을 위해 준비할 것이 많아서 점심을 먹고 출근하였다. 출근하여 강의자료를 먼저 프린트하고 프린트가 될 동안 강의실 정리를 하였다. 자주 사용하는 강의실이 아니라서 정리해야 할 것이 많았다. 청소기를 돌리고 강의에 오는 학생들 수에 맞게 자리를 배치하고 프린트가 끝난 강의자료를 책상 위에 올려 놓았다. 전체적인 정리가 끝나고 준비한 수업자료가 칠판에 잘 뜨는지 멀리 앉은 학생들이 볼 수 있도록 따로 설치된 모니터가 잘 작동하는지, 모니터에 수업이 잘 나올 수 있도록 카메라도 잘 작동하는지 등을 점검하고 마지막으로 칠판을 깨끗하게 닦았다. 칠판이 깨끗할수록 칠판 글씨가 더 잘보이기 때문에 해야 한다. 대청소를 끝내니 해가 지고 퇴근할 때가 된 것 같다. 저녁은 샐러드 가게에 가서 샐러드를 사서 집에 미리 쪄놓은 고구마와 같이 먹었다. 이렇게 먹으면 내일 긴장해도 속이 쓰리진 않을 것 같다. 식사를 끝내고 향수가게에서 산 섬유 탈취제가 생각나서 집 곳곳에 뿌렸다. 씻으러 갔다 나오니 상쾌한 향이 점점 약해지고 포근한 코튼 향이 풍기기 시작하였다.

— 아무도 없는 바닷가에 여자 한 명과 남자 한 명이 이른 시간에 걷고 있다. 보아하니 연인 사이인 듯하다. 사진사로 보이는 한 사람이 둘에게 다가가 스냅사진을 찍어주기도 하고 둘이서 서로 사진을 찍어주기도 한다. 마치 영화속에서 보는 전형적인 행복한 커플을 보는 것 같다. 서로 설레어 보이면서도 가족 같은 편안한 모습도 보인다. 바다에서 이동하여 친구들을 만나 식사를 한다. 알고 보니 둘은 신혼여행으로 호주에 와 있는 것이고 같이 식사하는 친구들도 신혼여행을 온 것이었다. —

꿈에서 깨어나 일어나 보니 나도 모르게 웃고 있었다. 나와 닮은 여자가 남자친구와 함께 시간을 보내는 꿈을 꾸고 일어나니 얼떨떨

하였고 일어나서 내가 웃고 있다는 것을 인지하고 어리둥절하였다. 그렇게 이상한 꿈을 꾸고 학생들을 만나러 가기 위한 준비를 끝낸 후 회사에 도착하였다. 과학 선생님은 내가 이 자리에 있을 수 있었던 이유라고 해도 과언이 아니다. 선생님은 나를 인정해 주시던 선생님이셨다. 고등학교 2학년 생각보다 낮은 점수가 이어지고 계속해서 자신감을 잃어가던 중 내가 잘한다고 직접 이야기해 주셨다. 그렇게 이야기해 주시는 것뿐만 아니라 수업하시는 모습이 멋있어서 선생님을 꿈꾸게 되었던 것 같다. 학생들에게 나의 모습이 과학선생님의 모습처럼 비춰지길 바라지만 그렇지 않다고 생각하기에 더욱 노력하고 있지만 마음처럼 되지 않는다. 학생들의 다양한 이야기를 들을수록 오히려 했던 이야기만 반복해서 해주는 느낌이 든다. 막상 기다리던 현장강의 당일날이 되니 긴장되면서도 들떠 있었다. 강의실에 들어가기 3초 전……2초……1…0 강의실에 들어가 드디어 많은 학생들 앞에서 수업을 시작하였다.

"안녕하세요. 화학강사 윤슬쌤입니다."

드디어 강의가 시작되었다. 긴장을 많이 했지만 실수는 없었고 예상보다 강의가 잘 진행되었다. 세 시간 동안 쉬지 않고 설명만 하면 학생들도 힘들고 나도 힘들기 때문에 강의 중간중간 여러 이야기를 준비하였다.

"선생님이 해주고 싶은 이야기가 있었는데 아마 들어본 친구들도 있을 거야. SNS 메시지로 학생들이 성적에 대한 고민을 진짜 많이 보내는 걸 보고 해주고 싶은 이야기였는데 내가 나온 학교 레벨에 비해 고등학교 때 성적이 좋지 않아. 그런데 내가 학교를 입학할 수 있었던 이유는 성적이 좋지 않다고 좌절하지 않았어. 지금 이 강의 듣는 친구들 중에 목표하는 대학이 있는데 성적이 그만큼 따라주지 않는 학생들이 있을 거야. 물론 지금은 수시 모집이 끝났지만 모두 수능을 치기 위해 이 자리에 있는 거니까 잘 들어봐. 내가 고등학교 입학하고 1학년 1학기 때 나름 좋은 성적이라고 생각했는데 그 성적은 평균 4등급이었어. 나는 고등학교에 올라가면서 치과대학에 입학하겠다는 다짐으로 입학했는데 4등급은 많이 부족한 점수지. 4등급이 아니라 2등급이었다면 앞으로 성적이 잘 나온다는 가정하에 가능성이 있었겠지만 4등급대면 치과대학 뿐만 아니라 남들이 흔히 말하는 좋은 대학에 갈 수 없는 성적이잖아. 그런데 나는 좋은 대학 갈 수 있다고 확신했어. 그렇게 좋은 점수를 받지도 않았는데 앞으로 성적을 잘 받으면 갈 수 있겠다 생각했거든. 솔직히 앞으로 성적이 떨어지는 것보다 성적이 오르는 게 좋잖아. 그렇게 포기하지 않고 했는데 그 결과 2학기 때 평균 3등급. 말도 안 되는 것 같지만 이게 된다. 그래서 내가 하고 싶은 말은 수능이 2주밖에 남지 않았지만 이전 성적이 좋지 않아서 이번에도 성적이 좋지 않을 것이라고 좌절하지 않았으면 좋겠어. 물론 4등급에서 3등급으로 올리는 것은 조금만 더 노력하면 금방 오르는데 2등급에서 1등급으로 올리는 건 진짜 많은 노력이 필요하지만 노력한 만큼 수능에서 좋은 성적을 받을 수 있을 거야. 자! 이어서……"

　수능을 앞둔 학생들이라 그런지 수업을 잘 따라와 주었다. 학생들이 잘 따라줘서 그런지 강의 시작하고 긴장이 풀리면서 강의를 즐기게 되었다. 이제 막 학생들과 소통하는 것 같을 때 어느덧 강의가 끝을 맺었다. 강의가 끝난 후 학생들은 하나둘씩 강의실을 빠져나간다. 강의실을 가득 채우던 학생들이 거의 다 나갔을 때쯤 한 학생이 다가와 말을 건다.

"선생님 저 서림이에요."

알고 보니 그 학생은 내가 한 번 봤으면 좋겠다던 해미의 조카였다.

"어? 안녕. 해미 조카구나."

"저 선생님 강의 듣고 정말 도움 많이 되었어요."

"도움되었다니 다행이네. 뭐 물어보고 싶은 거 있어?"

"시험장에서 멘탈 관리를 어떻게 하는지 궁금해요. 막상 시험치러 가면 문제를 잘못 읽는 게 대다수고 잦은 실수도 많고 그렇게 되면 다음 시험에서 또 그럴 것 같아서 문제가 읽히지도 않아요."

"내가 자기 전에 SNS 메시지를 매일 확인하는데 학생들이 많이 하는 질문 중 하나거든. 내가 학생들의 질문 중 내가 답해줄 수 있는 것들은 강의 도중에 답해 주는데 이 질문은 많지만 강의에서 이야기하지 않는 이유가 그 해결법을 나도 몰라서 이야기를 안 했어. 내 경험을 이야기해 보자면 난 고등학교 올라와서 시험칠 때 유독 실수가 많았는데 몰라서 틀렸다면 '내가 공부 안 한 거니까 그 다음 시험에서는 더 공부해서 하면 된다.'라고 생각하면서 좌절하지 않지만 공부를 했는데 실수를 하면 억울하기도 하고 평소라면 맞출 문제를 틀린 거니까 더 좌절을 하는 거지. 그런데 좌절하면 다음 시험에서 반복되고 또 좌절하고 아마 무한 반복될 거야. 그렇다고 실수한 것을 되돌릴 순 없잖아. 그러니까 다음번에 더 잘 해야지. 내가 수학공부를 되게 열심히 했는데 계산 실수해서 틀리는 경우가 많았어. 한번은 정말 분해서 다음에 더 좋은 점수를 받을 거라는 생각으로 열심히 했더니 진짜 좋은 점수를 받았던 기억이 있는데 결국 내가 해주고 싶은 말은 너무 좌절하지 말라는 이야기를 해주고 싶어. 사람마다 다르겠지만 좌절하지 않는 게 실수 안 하는 방법 중 하나인 것 같아. 좌절하기 시작하면 악순환의 연속이라고 생각해서 실수를 계속 반복한다고 상담을 하면 이렇게 말해 주고 싶어."

서림이와 대화를 한 후 퇴근하는 길 해미에게 전화가 왔다.

"야. 이번에 우리 조카 네 강의 들으러 갔다던데 봤어?"

"강의 끝나고 와서 말하더라고 네 조카라고."

"걔가 너 엄청 좋아해. 자기도 나중에 너처럼 강사한다고 그러던데. 아! 그런데 너 소개팅 할 생각 없냐?"

"갑자기?"

"갑자기라니 내가 저번부터 이야기했잖아."

"아, 딱히……"

"한 번만 나가 봐. 나 사람보는 눈 있는 거 알잖아. 내 생각에 너랑 잘 맞을 것 같아."

"……."

집에 돌아와서 자고 있는데 갑자기 문자알림이 울려서 일어났다. 해미에게서 온 문자였다.

'다다음주에 시간 된다고 해서 목요일 한 시에 뉘누리공원에서 본다고 이야기했어.'

갑자기는 아니지만 당황스러웠다. 소개팅을 한다고 이야기를 하지도 않았고 할 것이라고 예상하지도 못했기 때문이다. 시간이랑 장소까지 다 정했는데 하지 않는 것은 예의가 아니라고 생각해서 그냥 하기로 했다.

소개팅 당일 평소보다 눈이 잘 떠졌다. 생각보다 나는 소개팅을 기대하고 있었나 보다. 준비를 다 끝내고 한 시까지 약속 장소에 도착하였다. 공원에 도착하니 공원에서 제일 큰 단풍나무 앞에 키는 180 정도에 회색코트를 입은 사람이 서있었다. 그 사람을 보자마자 소개팅 상대라는 것을 느꼈다. 그래서 다가가 말을 걸었다.

"저기 혹시…… 소개팅?"

알고 보니 소개팅 상대가 맞았고 서로 인사를 나눴다.

"전 박너울이라고 합니다. 배윤슬 씨 맞으시죠?"

"네. 혹시 점심 드셨어요?"

"아니요. 아직…… 혹시 아직 점심 안 드셨으면 뭐라도 먹으러 갈까요?"

"드시고 싶은 음식 있으세요?"

"음, 덮밥 좋아하시면 제가 알고 있는 가게가 있긴 한데…….."

"그럼, 덮밥 먹으러 가요."

낯을 많이 가려서 말도 많이 안 하고 어색할 줄 알았는데 예상외로 대화도 많이 하고 말이 끊이지 않았다. 관심사나 취향이 비슷한지는 모르겠지만 왜인지 모르게 말이 잘 통하였다. 되게 오랜 친구를 만난 것과 같은 느낌을 받았고 좋은 시간이었던 것 같다. 소개팅 후 집으로 돌아와 잘 준비를 끝내고 나니 해미에게서 전화가 왔다.

"여보세요."

"소개팅 잘 했어?"

"뭐, 그냥……."

"어때? 괜찮지 않아?"

"나쁘지 않아."

"내가 괜찮을 거라 했지. 그래서……."

통화를 끝내고 자려고 하니 저번에 산 탈취제가 생각나서 탈취제를 뿌리고 잠에 들었다.

— 아무것도 없는 흰 방에 두 여자가 마주보며 이야기 하고 있다. 자매 사이인 것 같다. 오른쪽에 앉은 여자는 왼쪽에 앉은 여자를 언니라고 부르고 왼쪽에 앉은 여자는 오른쪽에 앉은 여자에게 이름을 부르며 대화를 이어나간다. 오른쪽에 앉은 여자가 근심걱정 가득한 표정으로 언니에게 하소연을 하고 있다. 언니는 동생의 하소연을 다 받아주며 동생이 하고 있는 걱정, 고민들을 듣고 공감해 준다. 동생이 어떻게 해야 하는지 모르겠으면 해결책을 제시해 주고 슬퍼하면 달래주며 마치 엄마와 같은 모습을 보인다. 그러다 동생은 기분이 풀려 둘은 동생의 연습실로 이동하여 노래를 크게 틀어놓고 미친 듯이 춤추며 논다. 동생이 노래를 부르고 춤을 추는 것을 보고 언니는 흐뭇해한다. 동생은 보컬입시를 준비하고 있었고 언니는 누구보다도 동생이 음악을 하길 원하는 것 같다. 언니도 뭔가 생각이 많은 것 같지만 동생을 보며 잠시나마도 현실에서 벗어나 동생과 함께하는 시간을 즐긴다. —

꿈에서 깨니 어렸을 적 집냄새가 집 안에 풍겼다. 분명 잠에서 깨어났는데 아직 꿈 속에 있는 느낌이었다. 하지만 어떤 꿈을 꿨는지 가물가물하다. 한동안 멍 때리다가 알람소리에 갑자기 정신을 차려 출근할 준비를 하였다. 출근하여 일을 하기 시작하였다. 오늘도 어김없이 출판사에 넘겨야 할 교재 내용을 반복해서 본다. 교재에 있는 문제를 또 풀어보고 오탈자는 없는지 순서가 잘못되지 않았는지 반복해서 확인한다. 오늘 이렇게 확인해도 다음에 보면 수정할 것이 또 보이기 때문에 계속해서 확인하는 것이 중요하다. 이번 달만 지나면 한 해가 끝나기에 다른 일은 없고 교재수정에만 신경을 쓰면 된다. 또한 학생들이 보내준 메시지를 더 많이 확인할 수 있게 되어 하나하나 읽어보는데 연구실에서 따로 할 일은 다 끝내서 퇴근하고 집에 도착하여 마저 읽었다. 가끔 좋지 않은 이야기를 보내는 사람들도 있지만 대부분 좋은 이야기를 해주셔서 메시지를 읽으면 동기부여가 안 될 수가 없다.

'제가 오늘 SNS 하다가 좋은 말이 있어서 선생님께 공유해요. 모든 사람에게 사랑받기 위해 하고 싶은 것을 억누르고 살지 말자. 조금은 미움받더라도 하고 싶은 대로 사는 것이 더 행복한 삶이다. 조금이라도 도움 되었으면 좋겠어요!'

오늘 읽은 메시지 중 가장 기억에 남는 메시지였다. 오늘 받은 메시지들 중 기억하고 싶은 말들이 너무 많아서 일기에 하나씩 써내려갔다. 메시지로 오늘의 일기가 다 채워졌다. 일기를 다 채우고도 적을 메시지가 많이 남았다.

교재수정을 보며 어느덧 일주일이 지났다. 퇴근하고 해미를 만나러 가려고 하는데 메시지 알림이 울렸다. 알림음이 울리니까 자연스럽게 휴대폰을 확인하였다.

'내일 밥 같이 먹을까요?'

너울 씨에게서 온 메시지였다. 예상치 못해서 조금 놀랐다.

'좋아요. 점심시간에 시간 되는데 그때 만나요!'

놀라는 것도 잠시 내일 점심에는 시간이 되어서 점심 같이 먹자고 답장을 보냈다. 만날 시간을 정하고 해미와 만났다.

"야, 왜 이렇게 늦게 왔냐?"

"퇴근하고 나오려는데 일이 생겨서."

"그렇다면 어쩔 수 없지. 야, 그런데 소개팅은 어떻게 됐냐?"

"아, 내일 점심 같이 먹기로 했어."

"오, 너 되게 좋아보인다?"

"그런가? 잘 모르겠는데."

"소개팅 하기 전이랑 얼굴이 너무 다르잖아!"

해미에게 그 말을 듣는데 의아했다. 소개팅보다는 오랜만에 편한 친구를 만나는 느낌이었고 소개팅 후 일상생활이 달라지는 느낌을 받지 않았기 때문에 더 그랬던 것 같다. 한번도 내가 얼굴이 좋아 보인다는 느낌을 받아본 적이 없는데 그런 말을 들으니 잠깐 나를 돌아봤다. 멍 때린 건지 생각을 한 건지 잘 모르겠지만 다시 돌아봐도 잘 모르겠다.

"무슨 생각해?"

"아니 그냥……"

"그래서 너는 어떤데?"

"음⋯⋯."

그렇게 몇 시간 동안 이야기를 하고 집으로 돌아왔다. 많이 피곤했는지 침대에 눕고 눈을 떠보니 아침이었다. 평소와 다름없이 출근 준비하고 연구실에 도착하여 일을 시작한다. 오늘은 직원들이 모여 마지막으로 교재 내용을 수정하는 날이다. 아홉 시에 직원 모두가 모여 점심시간이 될 때까지 쉬지 않고 교재를 확인하였다. 점심시간이 되었을 때 교재의 반도 확인하지 못하였다. 점심시간이 되니 슬슬 점심메뉴 이야기가 나오기 시작하였다.

"오늘 뭐 먹을까요?"

"떡볶이? 떡볶이 어때요?"

"오, 좋아요!"

"선생님도 드실 거죠?"

"난 약속이 있어서 너희들끼리 먹어."

"엥? 무슨 약속이요?"

"있어. 난 약속시간 다 돼서 간다. 맛있는 거 먹어."

연구실에서 잠깐 나와 너울 씨를 만나러 갔다. 만나기로 한 식당에 먼저 도착해서 기다리고 있었다. 어떤 메뉴를 주문해야 할지 몰라서 메뉴판을 보고 있는데 식당 문에 달린 종이 울리며 누가 들어오는 것 같았다. 문이 열리는 소리에 입구를 쳐다보니 이쪽으로 너울 씨가 걸어왔다.

"안녕하세요. 일찍 오셨네요."

"생각보다 오는데 시간이 별로 안 걸려서."

"오래 기다렸어요?"

"아니에요. 뭐 드실 거예요?"

주문을 끝내고 안부를 물어보며 말을 이어 나갔다. 그러던 중 주문한 음식이 나와 맛있게 먹고 연구실로 돌아갔다. 연구실로 돌아가기 전 식당을 나와 다음 약속을 잡았다.

"다음에 시간 되면 같이 영화 봐요."

"음, 이번 주랑 다음 주는 다른 약속이 있어서 다다음 주에 만날까요? 마침 보고 싶은 영화가 있었는데."

"그럼, 크리스마스에 만날까요?"

"네, 좋아요."

"이번 주나 다음 주에 시간 되면 밥이라도 먹어요. 다른 일이 아니라도……."

"시간 될 때 이야기해 주세요. 같이 밥 먹어요."

크리스마스 당일, 약속시간 두 시간 전부터 일어나 나갈 준비를 하였다. 다 준비하고 나가려는데 뭔가 허전하고 까먹은 느낌이었다. 분명 챙길 것 다 챙기고 준비도 다 하고 나가기만 하면 되는데 허전한 느낌이 들어 생각해 보니 갑자기 두 달 전 향수가게에서 탈취제를 사고 받은 향수 샘플이 생각났다. 원래 향수를 잘 안 뿌리고 다니지만 오늘 뭔가 향수를 뿌리고 싶었다. 샘플을 찾아서 뿌리고 나서야 허전했던 느낌이 사라졌다. 집을 나와 약속장소에 도착하였더니 너울 씨가 먼저 와 있었다.

"시간 조금 남았는데 일찍 오셨네요. 많이 기다리셨어요?"

"별로 오래 기다리지 않았어요."

"그럼, 영화 보러 갈까요?"

"점심 안 드셔도 되겠어요?"

"점심 먼저 드시고 싶으시면 먹으러 가요."

"그래도 될까요?"

"네, 전 상관없어요."

영화 보기 전 저번 주에 저녁을 먹었던 그 식당에 가서 먹기로 했다. 도착하니 다행히도 자리가 있어서 주문을 하고 자리에 앉았다. 주문한 음식이 나오고 먹으며 이야기를 나눴다.

"영화 보고 뭐 할까요?"

"음, 제가 가고 싶었던 전시회가 있는데 거기 갈래요? 영화 끝나고 가면 시간이 딱 맞을 것 같아요."

"전 좋아요."

"제가 전시회 보러 다니는 걸 좋아해서 이번에 하는 전시회 가고 싶었는데 다행이네요."

"자주 다니는 건 아니지만 저도 전시회 보러 가는 거 좋아해요."

"전시회 끝나고 불꽃쇼도 한다니까 그것까지 보면 될 것 같아요."

다 먹고 그렇게 보고 싶었던 영화를 봤다. 좋아하는 카라멜 팝콘과 완벽한 결말까지 영화를 본 후 여운이 강하게 남았다. 전시회를 가는 길에도 그 여운이 사라지지 않았다. 생각해 보니 어떤 전시회인지도 몰랐다. 하지만 대충은 예상할 수 있었다. 오늘은 크리스마스이기 때문이다. 어떤 전시회인지는 도착해서 알게 되었다. 전시되어 있는 작품은 도자기였다. 여기서 놀란 것은 작품을 제작한 분이었다. 중학교 때 자주 보는 채널이 있었는데 그 채널 주인분께서 도예전공이셨다. 한번은 도자기 만드는 영상이 올라왔는데 그 영상에 출연했던 도예가 분께서 전시회 작품 제작자인 것이었다. 영상에서 본 제작자 분의 작품이 내가 생각했던 도자기가 아니었다. 그때 당시 내가 생각한 도자기는 빗살무늬 토기 같은 그런 갈색 도자기인데 그분께서 만드신 도자기들은 마치 성에서 공주들이 사용하는 식기구 같은 동화 속에 나올 것 같은 도자다. 오늘 전시하는 작품들은 예상했던 대로 크리스마스 테마였다. 전시회가 단독 전시회는 아니라서 여러 제작자 분들의 작품들이 있었다. 좋아하던 도예가의 도자기를 처음으로 보고 유리공예 작품을 보러 갔다. 나도 모르게 작품들에 빠져들어 시간 가는 줄 몰랐다. 원래는 이른 저녁을 먹고 불꽃쇼를 보러 가려고 했지만 전시회에 너무 집중하여 바로 불꽃쇼를 봤다. 오늘 본 불꽃쇼도 전에 봤던 불꽃쇼를 잊을 만큼 놀라웠다. 불꽃이 크고 풍성해서 더 놀라웠다. 영화에 이어 불꽃쇼도 여운이 크게 남았다. 정말 하루가 이래도 되나 싶을 정도로 잊지 못할 기억에 저녁으로 좋아하는 파스타를 먹었다.

"가장 좋아하는 음식이 파스타에요?"

"네. 왜인지 모르겠는데 어렸을 때부터 파스타를 되게 좋아했어요. 어떤 음식 제일 좋아해요?"

"저요? 저는 아무거나 다 잘 먹어요."

"그렇구나. 전 편식이 심해서 먹는 것만 먹거든요."

"편식 심하면 채소류 안 먹는 건가?"

"저는 그렇죠. 저 약간 채소 먹으면서 맛있다고 하시는 분들 되게 이해 안 되면서 신기해요. 그중 한 분이 저희 할머니신데 할머니 댁에 가서 밥 먹으면 계속 채소를 건네주시면서 이거 맛있다고 하시는데 안 먹으려고 노력했거든요."

"진짜 먹기 싫었나 보네요. 혹시 말 놓아도 되나요? 말 안 놓으니까 거리감 있는 것 같아서…… 불편하시면……."

"아니에요. 저는 상관없어요. 제가 나이가 더 적은데……."

서로 거리감이 없다고 느끼지는 않아서 말 놓는 것이 좋을 것 같다고 생각했다. 말을 놓자고 하자마자 바로 말을 놓는 것이 쉽진 않았지만 차차 말을 놓고 대화하기 시작하였다. 식사를 끝내고 아직은 어색한 말 놓은 대화를 하며 집으로 돌아가는 길 고백을 받았다. 더 어색해졌다. 그 순간 내가 무슨 생각을 하고 있었는지 잘 모르겠지만 확실한 건 완벽한 하루라는 생각이 들었다. 하지만 어찌할 줄 몰라서 얼버부리고 집에 돌아왔다.

어느덧 사귄 지 두 달 채 되지 않았을 때, 연초라 그런지 한창 바쁠 때여서 정신없이 하루하루 보내고 있다. 학생들이 개학하기 전에 개강을 하는 것이 나을 것 같다고 생각하기에 개학 전에 개강하기 위해 연초에 바쁘게 움직여야 한다. 원래 연말에도 바빴지만 올해부터 현장강의를 하기 때문에 연말에 여유로웠다. 강의는 현장강의 할 때 촬영한 영상으로 강의를 열 예정이어서 강의영상을 따로 촬영하지 않아도 되지만 현장강의에는 편집이 없기에 강의를 더 꼼꼼하게 준비해야 한다. 강의용 영상을 따로 촬영하면 좋겠지만 강의용 영상을 따로 촬영하면 시간이 들기도 하고 아직 강의용 영상의 필요성을 느끼지 못해서 그렇게 되었다. 무엇보다도 시간이 덜 들어서 더 많은 것을 준비할 수 있다. 늦게 출근하는데 갑자기 직원에게 전화오더니 책이 아직 완성되지 않았다고 한다. 그 말을 듣고 최대한 빨리 연구실로 향했다. 한 직원은 공장에 연락하고 한 직원은 다른 공장을 알아보고 있었다. 재빨리 출판사에 연락해 보니 출판사에서도 공장에 연락이 안 된다고 한다.

"계속 공장에 연락해 주세요. 혹시 다른 공장 있으면 그쪽으로도 알아봐주세요. 저는 출판사에 가보고 공장에도 가볼게요."

"알겠습니다."

"저도 같이 가요. 혼자보단 두 명이 나으니까"

항상 출판을 담당해 주시는 직원 분과 함께 출판사로 먼저 향하였다. 출판사에서는 공장에 연락이 안 된다는 것을 이미 알고 있었다. 알고 보니 출판사에 다른 계약 건이 들어왔고 연락이 오지 않아 다른 곳과 계약을 하였다고 한다. 오래 전부터 함께 일하던 출판사와 공장이어서 믿고 맡겼는데 문제가 생겼다. 신뢰한다고 해도 매주 방문해서 직접 확인했는데 이러한 상황이 발생하여 머릿속이 하얘졌다. 머릿속이 하얘진다는 경험을 이번에 제대로 경험하였다. 강의교재는 회사에서 알아서 해주시지만 교재가 아니라 그런지 혼자서 해결해야 한다는 생각에 어찌할 바를 몰랐다. 출판사에서 나와 공장에 도착하였더니 역시 공장은 문을 열지 않았다. 고등학생 때부터 하고 싶었던 많은 일 중 하나가 책을 출판하는 일이었다. 그래서 시작한 일인데 공장과 출판사를 따로 알아보는 것은 아니었다. 멘탈이 털린 채로 하루가 지나 다음 날이 밝았다. 강의교재였다면 빨리 해결해야 했지만 책은 급하지 않았기에 출판을 미루기로 하였다. 일단 다음에 있을 강의준비를 시작하였다. 강의대본을 쓰고 외워서 하면 현장에서 내가 설명한다는 느낌이 아니라 발표한다는 느낌이 들어서 강의 내용의 순서를 정해놓고 여러 번 시뮬레이션 하면서 준비를 한다. 작년 수능 전에 했던 현장강의를 돌려보며 저번 강의에서 보완할 점을 확인하여 시뮬레이션 할 때 반영하는 형식으로 강의준비를 해나갔다. 생각보다 일이 늦게 끝나서 직원들과 저녁을 같이 먹기로 했다. 간단하게 샌드위치를 배달시켰고 음식이 금방 도착하여 먹기 시작하였다.

"선생님, 그때 점심 누구랑 같이 먹었어요?"

"언제?"

"그…… 마지막으로 교재 수정하던 날."

"지인."

"남자친구 아니에요?"

"아니거든."

"그럼 지금은 남자친구 있어요?"

"남자친구에 왜 이렇게 집착해?"

"선생님 얼굴이 되게 좋아 보여서 남자친구 있나 싶었죠."

"얼굴이 좋아 보인다고? 지금 책 인쇄문제도 그렇고 강의준비하느라 바쁜데 얼굴이 좋아 보여?"

"아니 그때 점심 먹으러 나갈 때 얼굴이 되게 좋아 보이던데."

"밥 먹으러 가는데 기분 안 좋은 사람이 있냐?"

저녁식사를 끝내고 조금 남은 업무를 마무리하고 퇴근하였다. 연구실에서 업무를 다 끝내고 와서 집에 도착하니 자기 전까지 시간이 남아 산 지 한 달 된 페인팅 키트를 완성하였다. 복잡한 생각을 잠깐 동안이라도 안 할 수 있어서 좋았다. 캔버스에 원하는 색을 조합하여 자유롭게 칠하는데 아무 생각 없이 칠하게 되니 그랬던 것 같다. 이거 다하면 바로 자려고 했는데 빨리 하기도 했고 잠도 안 와서 일기까지 쓰고 잠에 들었다.

　매주 수요일은 강의를 하는 날인데 오늘이 바로 수요일이다. 오늘은 연구실로 출근하지 않고 회사로 출근하였다. 도착하자마자 모니터 등 수업에 필요한 기기부터 확인을 하였다. 다행히 기기에 문제가 없어 강의실을 정리하기 시작하였다. 먼저 칠판을 젖은 지우개로 한 번 닦고 마른 지우개로 한 번 더 닦아내고 다음 강의 도중에 사용할 지우개도 미리 빨았다. 마지막으로 학생들이 앉을 책상을 소독하는 것을 끝으로 강의실 청소와 점검을 마무리하였다. 강의 시작하기 전에 미리 판서할 내용을 칠판에 적고 학생들이 올 때까지 기다렸다.
　"안녕하세요."
　수업시간이 다 되어가자 강의실은 어느새 학생들로 가득 찼고 강의가 시작되었다. 매주 어김없이 강의를 준비하고 강의를 하는 생활을 반복하였다. 그러다 크리스마스를 보낸 지 백일이 다 되어 갈 때 대구에서 강의가 잡혔다. 입시학원에서 진행하는 강의였는데 그 강의를 하기 위해 대구로 내려갔다. 강의하는 장소가 부모님 댁과 가까워 집에서 지내기로 했다.
　"윤슬이가? 웬일이고."
　"아, 며칠 뒤에 강의가 잡혀서 엄마집에서 지내야 될 것 같다."

"그러던가."

부모님 댁에 도착하여 짐을 풀고 잠깐 바람 쐬러 집 근처 공원에 갔다. 몇 주 전에 와서 그런지 저번보다 어렸을 적 생각이 나고 그러진 않았다. 오히려 작년에 왔을 때 생각이 너 났다. 집으로 돌아가는 길에 그 향수가게가 생각났다. 집에 들어가기 전 향수가게에 들렀다.

"어서 오세요."

"안녕하세요. 저 향수 보러 왔는데."

"어? 오랜만에 오셨네요."

"저 기억하세요?"

"네. 그때 탈취제 사가신 분 맞으시죠? 오늘은 어떤 거 보러 오셨어요?"

"향수 사러 왔는데 그때 그 탈취제랑 같은 향으로 사려구요."

"하나만 드리면 될까요?"

"혹시 이 향이랑 어울릴 만한 남자 향수 추천해 주실 수 있나요?"

"음, 그렇다면 이 향 한 번 맡아보시겠어요? 전체적으로 기본적인 향은 같은데 추가적으로 들어간 향이 달라요. 전체적으로 비슷한 느낌이 나는 듯 다른데 아마 잘 어우러질 거예요."

"오, 이것도 향이 엄청 좋네요. 그럼 이거랑 해서 계산해 주세요."

크리스마스에 향수 샘플을 뿌렸는데 향도 좋고 향수멀미도 심하지 않아서 대구에 내려간 김에 샀다. 곧 기념일이기도 해서 남자친구 향수도 하나 구매하였다. 그러다 문득 직원의 옷에 달려 있는 이름표를 보았는데 mocos라고 되어 있었다.

"모코스? 어떤 뜻이에요?"

"스페인어로 코라는 뜻이에요. 실제 이름은 아니고 가게에서 사용하는 이름이에요."

"그런데 이 향수 이름은 뭐예요?"

"estar lleno de felicidad"

"이것도 스페인어에요?"

"그건 나중에 한 번 찾아보세요. 여기 쓰여 있는 글이 이름이에요. 손님이 이랬으면 좋겠네요."

가게에서 나와 집에 도착하여 밥 먹고 부모님과 이야기를 나누니 벌써 새벽이 되었다. 다음 날이 되어 입시학원으로 향했다. 내가 어렸을 적 다녔던 학원인데 강사가 되어 선생님 자리에 서게 되니 오묘한 느낌이었다. 학생들이 강의실에 들어와서 수업을 듣는데 그 모습이 과거 나의 모습이라고 하니 내가 나를 가르치는 느낌이었다. 내가 다녔던 학원이어서 편하게 수업할 수 있었던 것 같다. 내가 다녔을 때보다 더 깨끗해지고 많이 바뀌었지만 학원의 전체적인 느낌은 바뀌지 않는 것 같다. 수업 끝나고 학원 선생님들과 저녁 먹으러 이동하였다. 고깃집으로 이동하여 주문은 다 하고 오랜만에 만난 선생님들과 이야기를 나눴다. 그 자리가 불편하고 부담스러울 수도 있었지만 같이 다니던 친구들도 함께 와서 재미있었다. 약간 회식 같기도 했지만 선생님들께서 워낙 친구처럼 대해 주셔서 동창회 같은 느낌도 있었다. 그렇게 술을 마시고 다음 날 중학교 친구들을 만났다. 한동안 연락 안 하고 지내다가 갑자기 연락하게 되었는데 대구에 온 김에 만나기로 했다.

"배윤슬! 오랜만이다."

"와, 진짜 오랜만이다. 너 좀 늙었다?"

오랜만에 만나서 어색할 줄 알았는데 만나자마자 장난부터 치는 것은 여전했다. 이 친구들은 같이 노래방을 가던 친구들이고 다른 친구들과는 노래방을 가지 않았었다. 친구들을 만나서 역시 노래방을 갔다. 노래방에서 중학교 때 자주 부르던 노래를 떠올려 세 시간 동안 노래를 불렀다. 노래방에서 나오니 배고파서 자주 가던 닭갈비 가게에 가서 늦은 저녁을 먹었다. 술까지 마시고 헤어질 줄 알았는데 다들 내일 출근해야 하기도 그래서 저녁 먹고 바로 집으로 돌아와서 내일 서울 갈 짐을 다 싸고 쉬다가 잠에 들었다.

오늘 부산에 놀러 가기로 하였다. 부산에 가기 위해 아침 일찍 서울역에 도착하여 기차가 올 때까지 기다렸다. 몇 분 후, 기차가 도착하여 기차를 타고 약 세 시간 반을 달려 부산에 도착하였다. 일찍 일어나서 피곤했는지 기차를 타는 동안 둘 다 잠에 들었다. 기차에서 내려 먼저 벚꽃을 보러 갔다. 대구에서도 볼 수 있지만 부산에서 보는 것은 또 다른 느낌이었고 날씨가 풀려 따뜻했다. 벚꽃을 보며 조금 걷다가 근처 곱창집에 가서 이른 점심을 먹고 가고 싶었던 장소로 이동하였다. 부산에 예쁘기로 유명한 마을에서 많은 사진을 찍고 스카이워크까지 갔더니 금방 저녁 먹을 시간이 되었다. 부산에 왔으니 해물요리는 먹어봐야 될 것 같아서 해물탕을 먹었다. 해물요리를 즐겨 먹진 않는데 부산에서 먹어서 그런지 맛있었다. 기차를 타기 전, 밤바다를 보러 갔다.

"바다 되게 오랜만에 보는 것 같아."

"…… 요새 무슨 일 있어?"

무슨 일 있냐는 말에 조금 당황스러웠다. 아무 이야기도 하지 않았는데 다 아는 것처럼 말해 주니 놀라기도 했다.

"왜?"

"저 저번주부터 얼굴이 안 좋아 보여서."

"별거 아니야……."

"별거 아닌 게 아닌 것 같은데 혹시 어려운 거나 힘든 일, 고민 있으면 나한테 이야기해도 돼. 혼자 너무 안고 가는 느낌이라서……"

그 말을 듣고 이런저런 생각이 많이 들면서 아무말도 나오지 않았다. 남자친구에게 꼭 모든 것을 말해야 하는 것은 아니지만 너무 나에 대해 이야기를 안 한다고 느껴서 왜인지 모르게 미안한 마음도 들었다.

"윤슬아?"

"어?"

"이제 기차 타러 갈까?"

기차를 타고 서울로 올라가는 동안에도 많은 생각이 들었다. 사실 저저번주에 인쇄공장과 연락이 닿았다. 그 이후로 할 일에 집중을 못하고 주변사람들의 말이 귀에 들어오지 않았다. 이런저런 생각을 계속하다 보니 어느새 서울역에 도착해 있었다. 남자친구와 함께 집 앞에 도착했는데 까먹고 있던 향수가 갑자기 생각나서 향수를 주었다. 향수를 받은 남자친구는 향수를 다 써가는데 잘 되었다며 좋아하였고 그 모습을 보는 나도 덩달아 기분이 좋았다.

다음 날 하루종일 집에 있다가 저녁 먹을 때 다 되어 해미에게 저녁 먹자는 연락이 와서 밖에 나갔다. 저녁 먹고 술 한잔 마시려다가 내일 출근해야 하기도 해서 카페에 들렀다.

"너 향수 뭐 쓰냐? 냄새가 되게 좋아."

"이거 우연히 지나가다 본 향수가게에서 샀어."

"어딘지 나중에 알려주면 안 돼? 냄새 되게 좋아. 아, 그런데 너 출판은 왜 미뤄진 거야?"

"그거 공장 측에서 문제가 생겨서."

"왜? 뭐 때문에?"

"그게…… 인쇄공장에 넘기고 일주일 지났을 때인가? 그쯤 공장에 연락이 갑자기 안 돼서 출판사에 연락했더니 출판사에서는 미뤄진 줄 알고 있었고 다른 공장은 안 되더라고."

"야, 그럼 어떡해? 공장에서 배상해야 되는 거 아니야? 연락이 되긴 해?

"공장이 문을 닫았어."

"공장에서 연락 온 거야? 그래도 계약한 거는 마무리해야 되지 않나?"

"어…… 지금 공장상황이 많이 안 좋아. 공장에서 연락왔는데 많이 심각한 것 같더라고."

"왜?"

"공장에 화재가 발생해서 공장 책임자분과 다른 몇몇분들은 돌아가시고 공장은 운영할 수 없게 되고 아무튼 지금은 아닌 것 같애."

"아니면 우리 공장에 물어볼까?"

"아니야. 지금은 그냥 미루는 게 마음 편해."

해미는 병원에서 간호사로 일하고 있고 해미의 부모님께서 인쇄공장 책임자이시다. 이번에 출판을 못하게 된 것은 맞지만 친구의 부모님께까지 신세를 지고 싶지 않아서 출판하는 것은 보류하기로 했다.

"그런데 남자친구랑은 어때? 좋아?"

"뭐 좋지."

"왜 마지못해 좋다고 하는 느낌이냐? 싸웠어? 네가 뭐 잘못했어?"

"야, 하나씩 물어봐. 안 싸웠어. 그냥 조금 미안해서 그래."

"왜? 네가 뭐 잘못했구나. 싸운 거 맞네."

"싸운 거 아니라고. 내 성격 때문에 그래. 남자친구한테는 힘든 게 다 보였나 봐. 힘든 게 보이는데 말을 안 하니까……."

"그래! 넌 힘든 일 말할 필요가 있어. 말하는 것만으로도 괜찮다고 하잖아. 그리고 내가 봤을 때 너 주위에 좋은 사람들만 가득한데 왜 너 혼자만 생각하고 해결하려고 그래. 네가 좋은 사람이니까 좋은 사람만 있는 거야."

집으로 돌아와서 어제 부산에 갔던 일기를 쓰려고 하는데 메시지가 왔다.

'향수 고마워. 잘 쓸게. 아까는 괜한 말을 했나? 불편했다면 미안해. 내일 저녁에는 친구들 만나기로 해서 내일모레 시간되면 저녁 먹자!'

메시지를 확인하고 일기를 쓰기 위해 어제랑 오늘 하루를 돌아보았다. 하지만 자꾸 친구와 남자친구가 했던 말들이 머릿속에 맴돌았다. 계속 생각하다가 언니가 떠올랐고 몇 달 전 꾼 꿈이 머릿속에 그려지기 시작하였다. 나랑 함께 있으면서 행복해하는 언니의 모습이 잊혀지지 않았다. 그 모습이 떠오르며 깨달은 것이 있다.

'언니는 나 때문에 불행했던 것이 아니구나. 언니는 나랑 지내면서 행복해했구나. 내가 언니 앞에서 하소연하고 투정부리고 힘들다고 이야기하는 것을 싫어했던 것이 아니구나. 언니에게 받기만 하고 떠나보냈다고 생각했는데 내가 언니에게 준 것도 있었구나.'

일기를 써내려 가면서 갖고 있던 죄책감이 사그라졌다. 그 꿈이 사실이라면 내가 죄책감과 미안함을 가지고 있다면 언니도 좋지 않을 것이라고 생각했다.

올해 수능이 끝나고 소개팅을 한 지 한 해가 지나 대구에 언니를 보러 가는 날이 다가왔다. 기차 말고 차를 타고 대구로 향했다. 가던 중에 휴게소 들러서 간식 사먹고 한다고 기차를 탈 때보다 더 늦게 도착하였다. 꽃집에서 작은 꽃을 사서 언니를 만났다. 언니에게 꽃을 주고 말을 이어갔다.

"언니 나 남자친구 생겼어. 만난 지는 일 년 다 되어가고 오늘도 같이 왔어. 같이 들어온 건 아니고 밖에서 기다리고 있어. 내가 남자친구 소개받고 그날 꾼 꿈이 있는데 거기서 언니랑 나는 내 연습실에서 노래를 크게 틀고 미친 듯이 노는 언니 얼굴이 되게 행복해 보였어. 난 항상 내가 언니를 힘들게 했다는 생각만 했는데 나랑 같이 있는 언니의 얼굴이 좋아 보여서 나도 좋았다? 나랑 함께 있으면서 행복한 일만 가득하고 떠나길 바랐는데 언니가 떠나면서 언니랑 함께 한 기억을 떠올려 보니까 너무 해준 것 없이 떠나보낸 것 같았는데 그 꿈처럼 나랑 있는 동안 행복했어? 나 이제 이 죄책감, 미안함 지

위도 되는 걸까? 해미가 나한테 그러더라. 내 주위에는 좋은 사람들만 가득한 것 같다고, 좋은 사람이 많은데 왜 힘든 일을 혼자 짊어지려고 하냐고 그러더라고. 내 투정이 언니를 힘들게 한 것 같아서 언니가 떠나고 다른 사람들에게 힘든 걸 털어놓지 않고 혼자 앓고 있었어. 내 주위의 좋은 사람들이 또 내 곁을 떠날 것 같아서……. 그런데 그렇게 혼자 떠넘기려고 했던 행동이 사람들 입장에서 서운해할 수도 있다는 생각이 들기 시작했어. 그러면서 나 자신도 조금씩 바뀌는 것 같고 점점 바뀌니까 힘든 일도 전보다 쉽게 해결되는 것 같고……언니랑 함께 있어 행복했던 그 시절로 돌아가고 있는 것 같아. 언니도 나랑 있어서 행복했을까? 이제는 사실이 아니라도 그렇게 믿고 싶어. 언니가 행복했다고 믿고 이제 죄책감도 지워버릴래. 내가 언니와 있어서 행복했던 시간만큼 그곳에서 행복했으면 좋겠어."

마음 한구석이 찝찝했던 마음, 죄책감을 후련하게 다 털어내고 납골당에서 나왔다. 후련했지만 눈물이 흐르는 것은 어쩔 수가 없나 보다. 눈물을 흘리며 나오는 나를 본 남자친구는 나를 달래주었다. 차에서 잠깐 기다리라고 하고 근처 편의점에서 물을 사서 나에게 건네주었다. 물을 마시며 진정하는 동안 기다려 주었다.

"언니는 이모 딸이야. 유치원 때 이모께서 돌아가시고 초등학교 4학년에는 이모부께서 돌아가셔서 키워줄 사람이 없었는데 이모부 여동생께서 언니 데려가서 키우셨어. 그 후 언니가 중학교 들어갈 때까지 얼굴 못 보고 지내다가 중학교 입학식 하기 일주일 전쯤인가 그때 갑자기 나한테 전화가 왔어. 전화번호가 있어도 연락은 안 하고 지냈는데 갑자기 전화했길래 무슨 일인가 싶어서 전화를 받았더니 우리 엄마 아빠한테 입학식 와주면 안 되냐고 부탁하더라고 그래서 엄마한테 이야기하고 입학식에 갔다? 입학식 끝나고 언니가 우리 엄마한테 하는 말이 이모랑 같이 살면 안 되냐고 그렇게 간절하게 부탁해서 같이 살았어. 언니는 나를 진짜 친동생처럼 대해 주고 내가 힘든 일을 버틸 수 있게 해준 버팀목이기도 했어. 어느 날 엄마가 전화와서는 언니가 갑자기 쓰러졌대. 뇌출혈로 쓰러져 입원하고 언니가 깨어나기만을 기다렸는데 결국 세상을 떠났어. 알고 보니까 이모부 여동생 부부는 아이를 갖지 못해서 언니를 반년 넘게 키우다가 아이가 생겼고 아이가 태어나니 언니를 차별하기 시작했대. 그러다가 폭력까지 사용하게 되고 언니는 버티다가 도저히 못 버티겠어서 나한테 전화했었나 봐. 그게 끝이 아니었어. 이모부 보험금이랑 유산 때문에 지속적으로 언니를 괴롭게 했던 것 같애. 언니를 힘들게 한 건 이모부 여동생 부부였는데 그 사실을 알고 있어도 언니에 대한 미안함이 없어지지 않았어. 그런데 오늘 다 털어내고 온 것 같아."

언니 이야기를 하면 눈물만 나니까 이야기를 꺼내지도 않았다. 가장 친한 친구인 해미에게도 이야기하지 못했다. 마음 한구석에는 언니 이야기를 하고 싶은 마음이 컸다. 그래서 언니 이야기를 할 수 있는 사람이 있었으면 좋겠다는 마음에 말을 꺼낸 듯하다. 언니에 관한 이야기를 끝내자 남자친구가 한참을 듣고 있더니 말을 이어갔다.

"마음고생 심했겠네. 넌 잘못한 게 없는데 왜 미안해하고 있었어. 언니분께서는 너랑 함께하는 동안 분명 행복했을 거야. 너무 미안해하지 말고 죄책감도 가지지 마. 네가 죄책감 가지고 있으면 언니는 더 힘들 거야."

"고마워. 위로해 줘서 고맙고 기다려줘서 고마워."

"아니야. 그때 네가 준 향수 너무 잘 쓰고 있어. 향수병에 붙은 라벨에 향수 이름같이 길게 글이 적혀 있길래 궁금해서 찾아봤다?"

"이거 읽기도 어려워…… 이게 어떤 의미야?"

"그건 안 가르쳐줄래."

"그게 뭐야. 내 향수에 적혀 있는 것도 못 찾겠는데."

"음, 힌트를 주자면 내가 너한테 하고 싶었던 말이야. Quiero que seas feliz."

후기

    글을 처음 쓰기 시작했을 때 단순히 재미있으면 사람들이 좋아하는 글이라고 생각했습니다. 하지만 '나에게 재미있는 글이 다른 사람들에게도 재미있을까?'라는 의문이 들면서 어떤 글을 써볼까 생각을 해보았는데 가장 기억에 남는 글들이 공감되는 글이어서 공감되는 글을 써보려고 했습니다. 주인공은 자신이 유일하게 의존하는 사촌 언니를 잃고 의지할 사람이 없어지니 모든 근심·걱정을 혼자 짊어지고 살아가게 됩니다. 저의 경험을 살려서 이 부분을 구성하였습니다. 초등학교 때 저의 고민을 자신의 고민처럼 들어주고 공감해 주는 친구가 있었어요. 그 친구가 중학교 때 다른 지역으로 전학을 가게 되었는데 그

친구가 전학을 가도 그 친구와 같은 고민을 들어주는 사람을 만날 줄 알았는데, 없었어요. 그래서 주인공처럼 저도 다른 사람에게 힘든 일을 잘 이야기하지 않게 되고 너무 힘들어서 이야기하면 돌아오는 말에 상처받고 그랬기에 이 글을 읽으면서 공감하고 위로가 될 수 있도록 써봤습니다. 비록 이 글이 독자들에게 위로를 해줄 수 있는 글인가 싶겠지만 저는 이 글을 읽고 공감하시는 분들에게 위로가 되길 바랍니다. 현재 힘든 일을 버티기 힘들지라도 이 글의 주인공처럼 자신을 위로해줄 수 있는 인연을 만나 힘든 일을 이겨내고 행복하시길 바랍니다. 위로해 줄 수 있는 인연을 만나는 것은 어려운 일이지만 그 인연이 곁에 나타날 것입니다.

다섯 번째 향

★★★

향과 기억

1학년 박민주

01

"당신은 무엇을 위해 노력하고 있나요?"

학교마다 방문하며 강연을 하는 어느 한 유명 강사가 우리에게 던
진 말이다. 나는 이 말을 듣고 한동안 머릿속의 복잡한 생각들이 쉽
게 사라지지 않았다. 나는 내가 지금 뭘 하고 있는지도 모르고 살아
왔다. 내가 뭘 잘하는지, 또 뭘 좋아하는지조차도 모르고 살던 나에

게는 절대로 답할 수 없던 질문이다. 나는 과연 뭘 해야 할까? 뭘 해야 하는지도 모른 채 집-학교-학원만 반복하다 보니 어느새 내 모습을 점점 잃어가고 있었다.

"그래서 여러분들, 곧 방학이죠? 방학에 너무 놀지만 말고 꿈을 찾고 노력해 보세요. 그럼 꿈을 위해 노력하는 여러분이 되길 바라며 강연은 여기까지 하겠습니다! 감사합니다!"

강연이 끝나고 교실로 돌아왔다. 나는 복잡해진 마음을 해결하기 위해 친구들에게 질문했다.

"그런데…… 너네는 방학 때 뭐 할 거야?"

나의 물음에 친구들이 답한다.

"방학? 나야 뭐. 학기 중보다 더 바쁠 때지. 사범대가 목표니깐 일단 지금보다 더 바쁘게 공부해야 할 듯. 어휴 벌써 막막하다."

"난 다다음 주가 실기 대회라서 일단 그거 준비하고…… 다음에는 미술 관련 공모전들 몇 개 더 참가할 듯? 하연이 넌?"

나는 대답할 수 없었다. 분명 복잡한 마음을 해결하려 한 질문이었지만 이미 꿈을 향해 달려 나가는 친구들의 모습을 보니 내 마음은 점점 더 조급해져만 갔다.

내가 고민하고 또 고민하던 사이 시간은 멈추지 않고 계속 흘러가 결국 방학식마저 모두 끝났다.

그렇게 멍하니 집으로 돌아왔다. 돌아와서도 나는 정신을 차릴 수 없었다. 그 상태로 학교에서 가져온 짐들을 정리하고 있었다. 교과서

들을 책장에 넣어 정리하던 중 책 한 권을 발견했다. 그 책은 꺼내어 본 지 적어도 몇 년은 된 듯 먼지가 폴폴 날렸다.

'기억……? 내가 이 책을 언제 읽었더라?'
발견한 책은 '기억'이라는 제목을 가진 소설이었다.
내용을 훑어보기 위해 책을 스르륵 넘기기 시작하는 그 순간, 종이 한 장이 떨어졌다.

하연아, 네가 전에 읽고 싶다고 한 책!
내가 제일 좋아하는 책이니깐 조심히 봐라
참고로 지금은 절판된 책이라 못 구함
다 읽고 그냥 천천히 줘

                                    - 지유

라는 글씨가 적힌 메모였다.
'지유? 분명 친구일 텐데. 초등학생 때 친군가? 이지유? 김지유? 아 모르겠네. 몰라! 걔도 까먹었겠지!'
친구가 제일 좋아하던 책을 빌려놓곤 안 돌려줬다는 생각에 괜스레 미안한 마음과 찝찝한 마음이 쉽사리 사라지진 않았다.
하지만 나는 책을 돌려줄 방도가 없다. '지유'가 누구인지도 생각나지 않기 때문에.
예전엔 내가 기억력이 괜찮은 편이라 생각했는데 요즘 바빠서인지 어릴 적의 일들을 잊고 살게 된 것 같다.

내가 언제부터 어릴 적의 일들을 잊고 살게 되었을까?

그렇다고 지금 내가 당장 뭘 할 수 있는 것은 없었다.

02

방학이 되어 바뀐 거라곤 학교에 가지 않는 것뿐이었다. 단지, 학
원에서 보내는 시간만 더 길어졌을 뿐.
"야, 오늘 왜 이렇게 춥냐…… 으…….”
학원 친구인 수빈이가 내 옆에 앉으며 말을 걸었다.
"어, 왔냐? 오 향수 뿌렸나 봐. 아로마 향인가? 향 괜찮다.”
"오 알아보네? 그렇지, 향 좋지? 너도 여기 알아?”
"어딘데?”
"아, 그게 어디서 샀냐면-”

며칠 후, 어느 주말 아침
나는 수빈이가 말한 곳으로 길을 나섰다. 처음엔 직접 찾아가 볼
생각은 없었지만 조금이라도 답답한 마음이 해소되길 기대하며, 평
소와는 다른 새로운 곳에 한 번 가보기로 마음을 먹었다.
"여기로 가는 게 맞나……?”
처음 가보는 길에 주변을 두리번거리던 중 어떤 가게 앞에 멈춰 섰
다. 스마트폰 지도를 확인해 보니 지도에 나온 곳은 이곳이 맞았다.

'뭐야……. 여기 향수 가게 맞아? 난 카페인 줄…….'

계속 카페인 줄 알고 헤매던 곳이 내가 찾던 곳, '에센시아'였다.

에센시아는 건물과 건물 사이, 작게 파묻혀 눈에도 잘 띄지 않는 곳에 존재했다.

띠링-

"어서 오세요, 에센시아입니다! 찾으시는 향 있으신가요?"

들어가자마자 조향사가 반갑게 맞이해 준다.

조향사는 신비로운 분위기를 풍기고 있었지만, 결코 차갑다거나 그런 느낌은 아니었다. 오히려 나를 따뜻하게 반겨주었다.

"어, 저……. '자신의 향'을 찾아주신다고 들었는데요……."

왠지 모를 뻘쭘함에 말끝을 흐리며 말했다. 그러자 조향사가 나의 말이 끝남과 동시에 미소를 지으며 대답했다.

"이쪽으로 오세요, 저는 많고, 또 다양한 사람들의 이야기를 기다리고 있답니다."

조향사는 나를 향수 가게 안에 있는 작은 방으로 안내했다. 그 방에 있던 탁자 위에는 조금 전에 향에 관한 연구를 했는지 여러 향수 오일이 널브러져 있었다.

'mocos…… 예명인가……?'

조향사의 명찰에 적힌 이름이었다.

조향사는 널브러진 탁자 위를 빠르게 가지런히 정리한 후 내게 말을 걸어왔다.

"혹시 전에 사용해 본 향수 있어요?"

조향사의 물음에 잠시 향수에 대해 떠올려 보았다. 하지만 나와 향수
는 거리가 멀었다. 평소에 딱히 향에 대해 신경 써 본 적이 없었기에.

"아니요, 없는 것 같아요……."

"아, 처음 써보시는구나. 그럼 혹시 좋아하거나 기억에 남는 향 있
으세요?"

망설이는 내 얼굴을 봤는지 조향사가 싱긋 웃으며 말을 덧붙였다.

"향이 끝도 없이 많아서 어렵죠? 근데 어렵게 생각할 것 없어요.
딱 '플로럴 향', '아로마 향' 이렇게 정해진 게 아니라도 좋아요. 음,
예를 들자면…… 어떤 사람들은요, 지금 같은 겨울. 겨울의 향을 좋
아하는 사람들도 있답니다."

"겨울 향기요?"

"네, 겨울에만 느낄 수 있는 그 몽글몽글한 향기요. 어쩌면 그냥 겨
울에 나는 향 자체보단 겨울에 느꼈던 그 분위기 자체, 그때의 포근
한 기억을 좋아하는 걸지도 몰라요. 겨울에만 내리는 눈의 풍경, 코
끝에 불어오는 차가운 겨울 공기처럼 말이죠."

조향사의 이야기를 들으니 겨울만의 특유의 그 냄새를 알 것만 같
았다.

"어때요? 방금 말한 '겨울의 향'처럼 향이 기억과 연관될 수도 있
어요. 후각과 기억은 연결되니깐요. 혹시 생소할 수도 있긴 한데 '프
루스트 효과'라고 들어본 적 있어요?"

"아니요. 처음 들어봤어요……."

"음, '프루스트 효과'는 프랑스의 작가 마르셀 프루스트의 소설에서 나온 말이에요. 과거에 맡았던 냄새를 통해 기억해내는 일을 말하죠."

새롭게 알게 된 사실에 고개를 끄덕이며 생각에 빠졌다.

'혹시…… 그렇다면, 후각을 이용하면 그 책에 대한 기억들도 찾을 수 있지 않을까?'

나는 며칠 전 발견 했던 '기억'이라는 소설을 떠올렸다. 그 책의 주인인 '지유'에 대해서도.

조향사는 내가 생각 정리하는 동안을 기다려 주다가 내가 너무 어려워하는 것 같아지자 다시 내게 말을 걸어주었다.

"아, 너무 다른 얘기만 한 것 같네요. 어때요? 지루하진 않았나요?"

"아니에요! 너무 즐거워서 시간 가는 줄 몰랐어요."

조향사의 이야기는 지루하긴커녕 오히려 즐거웠다. 이렇게 다른 사람의 이야기에 흥미를 느끼면서까지 집중해서 들은 건 정말 오랜만이었다.

"그러면 시향이라도 해볼래요? 그중에서 좋아하는 향을 찾게 될수도 있으니깐요."

그렇게 나는 이 향수 가게의 향료들을 시향해 봤다. 얼마나 많은 향을 시향했는지 살면서 평생 맡을 향을 오늘 다 맡은 것 같았다. 너무 많은 향을 한 번에 맡아 그런지 나중에 가서는 이 향이 저 향이고, 저 향이 이 향이었다. 그래도 향에 대한 호불호 정도는 잘 알게 된 것 같았다.

"어때요? 마음에 드는 향은 좀 찾았나요?"

하나하나 천천히 향료들에 관해 설명해 준 조향사는 선반 같은 곳에서 시향 할 또 다른 향 오일들을 또 꺼내오며 내게 물었다.

"네. 대충은요. 저는…… 확실히 그린 계열의 시원하고 상쾌한 자연 같은 향이 좋은 것 같아요!"

라고 웃으며 대답했다. 사소한 것이라도 나에 대해 알게 된 것이 좋았는지 말하면서도 점점 신이 났다.

하지만 내가 좋아하는 계열의 향은 알게 되었지만, 막상 향수를 만들려다 보니 다시 막막해지는 느낌이었다.

"향수 만들 때 자기가 좋아하는 향으로만 만들어도 좋지만 '내가 이 향수를 왜 만들었는지' 같은 이야기? 라고 해야 하나? 아무튼, 그런 마음이 들어간 향수가 전 더 좋은 것 같더라고요."

이번에도 내가 고민하고 있자 조향사는 말을 덧붙여 주었다. 조향사는 정말 내가 어떤 부분에서 고민하는지도 바로바로 잘 알아채는 것 같다.

잠깐 생각에 잠긴 후.

"저, 다음에 다시 와도 될까요? 저 아까 조향사님 이야기를 듣고 해결하고 싶은 일이 생겼어요!"

"그럼요. 물론이죠. 다음번에 안 오는 거 아니죠?"

조향사가 싱긋 웃으며 장난스레 물었다.

"아니에요! 꼭 와서 제 이야기도 들려 드릴게요."

나는 조향사의 이야기를 듣고 해결하고픈 일이 생겼다. 누군가가 보면 '굳이?'라고 생각할 수도 있지만 마침 마음이 답답하던 와중에 매일매일 반복되는 하루가 아닌 새로운 일을 해보고 싶었다.

그날 향수 가게에서도 결국 '자신의 향'을 찾지 못한 채 가게 안에 진열된 향수들만 잔뜩 구경하고 왔다. 다음번에 올 때는 꼭 내 이야기를 들려주겠다는 약속을 한 채로.

03

"이쯤에 있을 텐데? 어딨지⋯⋯? 아 이거인가⋯⋯!"

나는 혹시나 집에 다른 단서가 있을까 하고 어릴 때의 물건들을 뒤져보다가 한 공책 더미를 무너뜨리고 말았다. 그것들을 다시 쌓아 올리던 중 한 공책이 눈에 띄었다.

"이거다! 이거면 단서가 될 거야!"

나는 공책 더미에서 단서를 찾았다. 그건 바로 내가 어릴 때 쓰던 일기장이었다. 그렇게 나는 나의 일기들을 읽기 시작했다.

'와 이때 재밌었지. 헉 내가 진짜 이랬었어??'

오랜만에 본 일기는 나를 추억에 잠기게 하기 딱 좋았다. 그렇게 초등학교에서 중학교로 넘어가는 시점. 지금으로부터 3년 전의 일기를 읽는 중이었다.

당시의 나는 5줄 정도의 짧은 일기를 썼다. 날짜도 띄엄띄엄 쓴 것을 보니 일기는 쓰고 싶지만 귀찮았던 게 분명하다.

이 정도면 일기가 아니라 메모 같지만.

그렇게 스르륵 넘기던 중 '지유'라는 이름을 발견하였다.

'어! 여기쯤인가보다!'

20XX. 01. 08

오늘은 한 달쯤 전에 새로 알게 된 친구인 지유와 만나기로 약속한 날이다. 날이 너무 추워 밖에서는 못 놀겠고 실내에 들어가기로 한 우리는 마침 보이는 얼마 전 새로 생긴 카페에 들어가서 음료 두 잔을 주문해 먹었다. 주문한 유자차를 마시며 떠들며 놀았는데 우리는 잘 맞는 것 같았다.. 일단 둘 다 책을 좋아하기도 하고……

아무리 중학교 1학년 때의 일기라지만 의식의 흐름대로 흘러가는 일기 내용에 웃음이 나왔다.

"역시 이때도 글을 못 쓰긴 했어. 그래도 띄엄띄엄이긴 하지만 꾸준히 쓴 걸 보면 글 쓰는 것 자체는 재밌었나 보다."

'어? 잠깐, 이 카페 학원 앞에 카페인가? 거기라면 아직 있는데.' 학원 앞의 카페에 대해 생각하며 다음 장으로 넘겼다.

20XX. 01. 18

도서관에서 진행한 프로그램에 참여하고 돌아오니 고민이 생겼다. 책과 자신의 꿈을 연관 지은 글 짓는 프로그램이었는데 나는 한참을 고민한 후에도 쉽게 글을 쓸 수 없었다. 평소 좋아하는 글쓰기였음에도 망설이다가 결국 아무 꿈이나 대충 썼었다. 나는 미래에 뭘 하고 있을까?

과거의 나는 지금과 마찬가지로 꿈에 대해 고민하고 있었다. 하지만 지금 보니 당시에는 좋아하는 것은 확실해 보였다. '글쓰기'. 지금은 딱히 글쓰기를 좋아하지도 싫어하지도 않는 것 같다. 딱히 글 쓸 기회도 없었으니 최근에 길게 써본 글이라곤 학교 과제와 같은 글뿐이라 내가 쓰고 싶은 글을 써 본 지도 한참은 된 것 같다.

또 다음 장으로 넘겼다.

20XX. 01. 26

며칠 동안 계속 고민하는 내 표정을 읽었는지 지유가 내게 걱정해주었다. 진로 고민 때문이라고 하자 내게 진지한 얼굴로 고민 상담을 해주겠다고 했다. 그렇게 지유와의 고민 상담 끝에 나는 결심했다. '작가'가 되기로!

'와, 맞아. 나 중1 때 잠깐 꿈이 작가였지? 얼마 뒤에 또 고민하다가 안정적인 직업이 아니라며 포기했지만……'

작가. 예전엔 분명 하고 싶어서 동아리도 글쓰기 동아리에 들어가고 그랬는데. 그렇게 포기해버린 후로는 꿈 자체도 사라져버렸다. 어차피 꿈도 목표도 없이 살 것 같았으면 그 꿈이라도 계속 꿨으면 좋았을 텐데.

그렇게 열심히 일기장에 집중하던 도중에 스마트폰 알림이 울렸다. 스마트폰을 들어 시계를 확인해 보니 어느새 학원에 갈 시간이었다. 보던 일기장을 대충 접어두고 가방을 챙겨 얼른 학원으로 향했다. 학원에 도착해서도 공부에 대한 집중은 잘되지 않은 채 시간만 채우다 나온 것 같았다. 요즘 따라 집중력도 떨어지는 것 같고 뭔가를 해도 쉽게 질리는 것 같다.

학원 수업이 끝난 후, 나는 집으로 돌아가는 버스 정류장 앞에서 버스를 기다리고 있었다. 그러다가 건너편에 있는 작은 카페 하나가 눈에 띄었다.

'어? 저 카페 혹시…….'

아까 전에 읽었던 그 일기 속의 카페는 여전히 그 자리에 그대로 있었다. 하지만 생각해 보니 그 카페에는 그 일기의 날짜 이후로 한두 번 정도만 더 갔던 걸로 기억한다. 딱히 갈 일도 없고 학원 근처에 있다지만 학원 마치고는 피곤해서 점점 가게 되지 않다 보니 그렇게 된 것 같다.

'그래도 예전엔 자주 갔었는데…… 한 번 가볼까?'

요즘의 나는 매일 반복되는 하루에 몹시 지쳐 있다. 그래서인지 평소 잘 가지 않던 곳에 들러 하루하루를 조금씩이라도 다르게 살고 싶었다. 저번에 향수 가게를 찾았던 것과 같은 이유였다.

카페의 위치가 그대로인 것과는 달리 내부는 많이 달라져 있었다. 바뀐 인테리어는 전보다 훨씬 깔끔해져 있었고, 계산 시스템도 무인 계산 시스템으로 바뀌어 있었다. 내부를 천천히 둘러보다 유자차 한 잔을 주문한 뒤 빈자리에 앉아 주문한 음료가 나오길 기다리고 있었다. 기다리는 중에 스마트폰을 들어 갤러리를 보고 있었다.

'그때 날짜가 XX연도 1월쯤이었지? 아마? 1월……'

갤러리의 사진을 역순으로 내려보며 그때의 사진들을 보며 추억들을 떠올려보고 있었다. 사진들은 전부 음식 사진들뿐이었지만 추억에 잠기기에는 좋았다. 그때 아까 주문한 음료가 완성되어 진동벨이 울렸다. 진동벨을 가지고 가서 음료를 받아와 다시 자리에 앉았다.

음료를 마시기 전에 먼저 향을 맡았다. 당연하게도 유자차의 달달한 유자 향이 바로 느껴졌다.

그 한 모금을 마시니 예전 그대로의 새콤달콤한 유자 향기와 맛이 확 느껴지며 예전의 이곳에서의 기억들이 떠올랐다. 지금으로부터 3년 전, 즉 내가 중학교 1학년이던 시절, 그 당시의 기억, 대화들이.

"나 얼마 전에 고민이 생겼거든? 아직 우리가 이런 고민을 하기에는 이를 수도 있지만 난 진짜 궁금해. 내가 나중에⋯⋯ 어른이 되었을 때 뭘 하고 있을지⋯⋯ 나는 작가가 꿈인데 언제 또 바뀔지도 모르고 내가 그걸 잘하고 있을지도 모르고⋯⋯ 그래서 아직은 잘 모르겠다."

과거의 내가 말했다.

"근데 있잖아. 나는 지금이 그걸 찾아 나가는 시기라고 생각하거든. 또 꿈을 꾸다가 이루지 못한 건 실패가 아니고 그냥 과정이야. 지금 너 하고 싶은 거 해."

"그래⋯⋯? 난 아직 잘 모르겠어."

나의 이 걱정에 그 아이는 웃으며 고민하지 않아도 된다는 듯 말했다.

"너한텐 이미 답이 있는 것 같은데? 내가 보기엔 넌 네가 하고 싶은 말을 글로 표현할 때 가장 즐거워 보인다?"

이 장면. 이 짧은 대화가 갑자기 기억났다. 오글거리지만 힘이 되는 말들을 해주던 그 대화. 바로, 이 카페에서 했던 대화다. 당시 고민도 많고 자존감이 매우 낮았던 나에게 정신적으로 힘이 되어준 친구가 지유였다.

이 장면을 생각하고 나니 지유에 대해서도 조금씩 떠오를 것만 같았다.

이렇게 내게 힘이 되어준 친구를 잊다니 요즘 바쁜 현실에 지쳐 소중한 것들을 잊고 살게 되는 것 같다. 집으로 돌아가는 버스에서도 계속 이 생각을 하며 돌아오다 보니 어린 시절의 감성에 젖어가고 있었다. 버스에서 내려서 걸어가던 길에 있던 놀이터가 괜히 그리워지기도 하며 마음이 이상해졌다.

04

20XX. 02. 07

오늘은 방학 과제인 독후감을 쓰기 위해 도서관으로 왔다. 책을 골라 구석진 자리에 앉아 책을 읽었다. 전부터 생각한 거지만 나는 도서관 냄새를 좋아한다. 책들의 향기와 포근한 그 느낌이 편안하게 하기 때문이다. 그리고 이 도서관에서는 시원한 유칼립투스 같은 향이 났다.

'아, 맞아…… 이땐 도서관도 자주 갔었는데……유칼립투스 향? 디퓨저인가?'

다음 장으로 넘겼다.

20XX. 02. 08

어제 덜한 과제를 마저 다 끝내기 위해 오늘도 도서관을 찾았다. 도서관에 갔더니 우연히 지유를 만나 같이 과제를 했다. 오늘은 도서관 옥상에 만들어진 휴게공간인 옥상정원에서 과제를 마무리했다. 아직 날씨가 추워서 그런지 사람도 없어서 딱 좋았다.

"와, 지금 이렇게 보니깐 오랜만에 도서관에 가보고 싶다."
'내가 언제 마지막으로 도서관에 갔더라? 학교 도서관도 안 간 지도 한참은 된 것 같은데.'
또 한 장 넘겼다.

20XX. 02. 15
오늘은 일주일쯤 전에 빌렸던 책들을 반납하러 도서관에 다녀왔다. 그중에 한 책을 읽고 마음에 들어 그 작가의 다른 작품을 찾아봤더니 '기억'이라는 책을 알게 되었다. 목차와 줄거리를 미리 찾아봤더니 너무 읽고 싶어졌다. 하지만 도서관에는 없고 심지어 이제는 절판되어 찾기 힘들 것 같다.

"아 맞다! 그 소설책……!"
나는 지유에 대해 생각하느라 며칠 전에 발견했었던 그 책에 대해서는 까맣게 잊고 있었다. 그 책을 버리기도 다시 읽기도 애매해서 원래 있던 그 자리에 다시 꽂아두고는 잊고 있었다. 그때 다시 읽어볼까 고민했지만 귀찮은 마음에 포기했었다. 물론 지금도 읽기 귀찮은 건 마찬가지이다. 일기나 더 읽어보자는 마음에 한 장을 더 넘겼다.

20XX. 02. 20

지유랑 놀다가 '기억'이라는 소설에 대한 이야기가 나왔다. 마침 지유가 그 책이 있다고 해서 다행이었다. 바로 책을 가져와 내게 빌려주었다. 지유는 다 보고 천천히 돌려달라고 했다. 그래도 며칠 전부터 그렇게 읽고 싶었던 책이기도 하고 얼른 읽고 돌려줘야겠다.

'아, 이때 결국 못 돌려줬으니깐 그 책을 발견한 거겠지……?'

20XX. 02. 27

"지금 순간은 절대 영원하지 않아. 하지만 기억이라면 영원할 수 있지." 난 이 주인공의 대사가 참 마음에 든다. '기억', 이 소설을 다 읽고 나니 참 여운이 많이 남는 소설인 것 같다. 주인공이 잊고 있던 기억을 찾아 꿈을 이루는 내용이라니. 나도 꿈을 언젠가는 이룰 수 있겠지?

와, 그 소설이 이런 내용이었구나. 진짜 까먹고 있었어.

다음 장.

20XX. 04. 09

학교도 개학하고 새 학기가 시작되다 보니 너무 바빴다. 일찍 일어나는 생활부터 해서…… 내가 변화를 좋아하지 않는 성격이라 그런지 방학과 바뀐 생활에 적응하기 힘들었다. 그리고 며칠 전부터는 지유와 살짝 멀어진 것 같기도 하다. 그렇다고 막 싸우거나 그런 건 아닌데 며칠 전부터 보는 일도 줄어든 것 같다. 연락은 되지만……
어느샌가 연락도 줄어들고…….

이때도 지금처럼 변화를 좋아하지 않네…… 나는 변화가 솔직히
두렵다. 괜히 변화를 맞았다가 더욱 안 좋은 결과가 나온다면 어떡
하지 라는 생각 때문에 나는 지금껏 무언가를 하려 시도조차 안 해
본 것 같다.

다음 장.

20XX. 05. 16
진짜 이 일기도 오랜만에 쓰는 것 같다. 글 쓰는 것은 재미있지만
솔직히 요즘 작가라는 꿈을 계속 다시 생각해 보게 된다. 과연 이 길
이 맞을까? 하고 말이다…….
아, 그리고 내가 지유 번호는 바뀐 것 같다. 무슨 일 있는 건 아니
겠지……?

이 뒤로도 띄엄띄엄 일기는 계속해서 쓴 것 같다. 하지만 이 뒤로
지유가 나오지 않는 거로 봐선 이쯤에서 계속 연락이 안 된 채로 지
금까지 그냥 살다가 잊은 것 같다. 그래도 소중한 친구인데 서로 바
쁘고 그러다 보니 어느새 잊고 살게 되는 게 참 슬픈 일인 것 같다.
그때는 우리가 학교도 각각 달랐고 연락을 자주 못 한 게 아쉬웠다.

일기장을 다 보고 나서 그 도서관이 궁금하기도 하고 그냥 한번 가보기로 했다. 도서관에 들어서자마자 일기에 적힌 대로 책 향기와 시원한 유칼립투스 향으로 마음이 편안해졌다. 예전과 항상 같은 이곳의 모습에 많은 추억이 떠올랐다. 겨우 3년 전일 뿐인데도 추억이 된 게 놀라웠다. 한참 추억에 빠져 있을 때쯤 어느새 계단 쪽으로 걸어와 있었다.

'…… 한 번 올라가 볼까?'

오랜만에 올라갔던 옥상정원에는 여전히 푸르른 풀들이 자라고 있었고, 휴게공간도 3년 전보다 훨씬 잘 정리되어 있어 평화로운 공간 그 자체였다. 그때 누군가의 인기척이 느껴졌다.

"어, 사람이 있었네……."

그 사람은 나와 눈이 마주치자 혼잣말을 중얼거리며 머쓱한 듯 옥상정원의 구석진 자리로 가 앉았다.

나도 그냥 쉬려고 지나치려는데 아무리 생각해 봐도 얼굴이 익숙했다. 그 순간 나는 누구인지 알 수 있었다.

'어, 어? 쟤 지유인가? 맞는 것 같은데? 말 걸어볼까? 아 아니야. 아니면 어떡하지?'

이미 머릿속에서는 난리가 났다. 기억도 안 났던 얼굴인데 보자마자 알 수 있었다. 그 중학교 시절 내 소중한 친구.

'그래! 말 걸어보자!'

나는 결심했다. 그 아이에게 다가갔다.

"저기…… 혹시……?"

"역시, 너 맞구나! 이하연. 나 지유야, 김지유."

지유는 내 말이 끝나기도 전에 오랜만에 만나 반가운 듯 바로 내게 인사를 건넸다. 아마 나처럼 말 걸까 고민했던 모양이다.

내 이름까지 정확하게 기억하는 지유를 보니 나는 얼마 전까지만 해도 존재조차 잊고 있던 터라 괜히 미안해졌다.

우리는 옥상정원 구석에 있는 테이블에 앉아 그동안은 어떻게 지냈는지 이야기를 나눴다. 우리는 거의 3년 만에 처음 봤지만 한 달 전에 본 것처럼 편하게 대화했다.

"근데 넌 그동안 어떻게 지냈어? 아, 맞다! 너 그때 소설 작가가 꿈이었잖아. 지금은 어떻게 됐어?"

오랜만에 만난 지유가 이것저것 궁금했는지 물어봤다.

"나야 뭐…… 3년 전이나 지금이나 똑같지. 그냥 뭐 딱히 목표도 없고. 그 작가의 꿈조차도 뭐 오래 가지도 않았지."

이렇게 말하고 나니 더욱 푹 처지는 느낌이었다.

"아, 그렇구나. 당연한 걸지도 몰라. 어릴 적의 꿈을 그대로 갖고 살아가는 사람이 몇이나 되겠어. 근데 아쉽긴 하다. 난 네 글 좋았는데."

"에이, 작가가 돼서 잘될 거라는 보장도 없는데 너무 안정성이 없어. 그래도 그 말 들으니깐 기분은 좋다."

말은 이렇게 했지만 사실은 그때 포기했었던 꿈에 미련이 남긴 한다. 분명히 얼마 전까지도 잊고 있던 꿈이지만 다시 생각나니 아쉬운 마음이 든다.

이렇게 내 이야기를 하다가 문득 지유에 대해 궁금해졌다.

'어 지유는 꿈이 뭐였더라……? 말한 적이 있던가? 그리고 그때는 왜…… 사라졌던 거지……?'

나는 지유에게 질문해 볼 이 생각들을 머릿속으로 차근차근 정리한 후 내가 궁금했던 일들을 물었다.

05

"으아, 드디어 집이다."

현관문 도어락이 열리고 곧장 내 방으로 들어가 나는 옷도 제대로 갈아입지 않은 상태로 침대에 바로 누웠다.

예상하지 못했던 반가운 옛친구와의 만남에 너무 들떠 신이 났나 보다. 서로의 그동안의 일들, 지금은 또 어떻게 살고 있는지, 가장 중요한 그때 어디로 사라진 것인지에 대한 이야기를 한참을 나누다 돌아오니 어느새 지쳐 있었다.

예전의 지유는 자신에 대해 잘 말하지 않는 성격이었다. 하지만 지유에 관해 물어보지도 않았었다. 주로 내가 말하고, 지유는 그것을 잘 들어주고 같이 고민해 주었다. 그래도 한때는 나의 가장 소중했던 친구임에도 생각해 보면 지유에 대해 아는 것도 잘 없었다.

지유는 어릴 때부터 미술을 좋아했고 그쪽 진로로 꿈을 꾸어 왔다고 했다. 그런데 어느 날 부모님의 직장 문제로 다른 지역으로 이사를 하게 되었다고 한다.

사실 이건 나도 예상했었다. 예상처럼 지유에게 문제가 생긴 것은 아니라 다행이었다. 그렇게 나와도 연락이 뜸해지고, 그 사이에 전화번호도 바뀌고. 그냥 우린 타이밍이 안 맞은 것 같다.

아무튼 그래도 그곳에서 지유는 자신의 진로에 점점 더 생각해 보다가 지금은 '일러스트레이터'라는 꿈을 가진 채로 학원도 다니고 열심히 살고 있다고 한다.

나와는 달리 어릴 때부터 꿈을 위해 열심히 살고 있는 지유의 모습에 괜히 나와 비교되는 것 같았다.

하지만 이내 곧 다시 생각해 보니 살면서 꿈이 없다고 나쁜 것은 아니었다. 그냥 아직 못 찾은 것일 뿐이니. 꿈과 목표가 정해지지 않더라도 열심히 살아가는 사람들도 많으니 조바심 내지 말고 그러다 보면 내가 진정으로 하고 싶어 하는 것을 찾을 수 있겠지.

– 방학 마지막 주, 에센시아

갑자기 나는 그때 다시 오겠다는 말을 지키러 다시 이곳에 왔다, 아니 사실 내가 다시 오고 싶어 온 것이지만.

"어서 오세요, 에센시아입니다. 어? 정말 다시 와줬네요. 사실 기다리고 있었어요. 전에 말한 일은 해결되었어요?"

나를 알아본 조향사는 내게 환하게 웃으며 반겨주었다.

"네, 저 이젠 만들고 싶은 향수가 생겼어요."

나는 이렇게 방학 동안의 일들을 조향사와 나누며 만들어볼 향수에 대해서도 말했다.

"오, 신기하네요. 어릴 적 친구를 오랜만에 봐서 반가웠겠다. 그럼, 향수 컨셉은 반가움? 추억? 이런 느낌이려나?"

조향사가 내 이야기를 듣고 향수 이미지를 떠올리는 듯했다.

"향은 원하는 거 있어요?"

"네! 일단 자주 갔었던 장소들인 카페의 유자차 향기를 주로 미들노트로, 도서관의 유칼립투스 향을 주로 탑노트 한 번 생각해 봤어요."

말하면서도 직접 이 향들이 섞인다면 어떤 향이 날까 하고 기대가 되었다.

"오, 노트들에 대해서도 공부했나 봐요. 탑노트로 유칼립투스라……첫 향에 딱 들어와서 괜찮을 것 같네요."

"근데 아직 마지막 베이스 노트는 아직 잘…… 혹시 앞에 것들이랑 어울릴 만한 향을 추천해 주실 수 있나요?"

내가 아무리 생각해 봐도 괜찮은 향은 생각이 안 나서 결국 조향사에게 추천받기로 했다.

"음, 그러면 로즈마리는 어때요? 로즈마리는 '기억'이라는 꽃말도 가지고 있거든요. 얼마 전 다시 만난 소중한 친구도, 다시 찾게 된 꿈도 다 기억하겠다는 의미로?"

그렇다. 나는 방학 동안 열심히 고민한 결과, 나는 결국 다시 작가라는 꿈을 가지게 되었다. 생각해 보면 이상했다. 그때 내 꿈을 막은 사람은 아무도 없었다. 오히려 내 쓸데없는 걱정이 항상 내 꿈을 포기하게 했지. 그래서 나는 지금 당장 해볼 수 있는 건 없을까 싶어서 공모전 쪽으로도 알아보고 있다. 요즘에는 책이 아니더라도 웹 소설 등 분야가 다양했다.

"네, 좋은 것 같아요. 그럼 베이스 노트에 로즈마리까지. 제가 원하는 향들은 다 들어간 것 같아요."

이렇게 말하고 나니 조향사는 몇 가지 향들을 적어 내게 보여주었다. 내가 말한 향들을 더욱 잘 어우러질 수 있게 말이다. 나는 그렇게 그 향들로 향수 하나를 만들 수 있었다. 향수 하나에 이야기가 들어가니 정말 특별한 향수가 된 것 같았다. 이 향수에는 지유와의 추억뿐만 아니라 잊고 있던 내 꿈도 들어 있어 더욱 특별하게 느껴진다.

이제는 특별한 일이나 기억하고 싶은 소소한 일상도 향수로 만들어 간직해도 좋을 것 같다. 그런다면 향으로 기억을 남길 수 있으니깐. 내가 직접 향수를 만들어서 그런가? 그 자체만으로도 기억에 잘 남을 것 같다. 왠지 앞으로 이 가게에 자주 오게 될 것 같다.

향수 가게에서 나와서 직접 만든 향수를 뿌려봤다. 향수는 시원하면서도 유자의 상큼함이 느껴졌다.

후기

　꿈이 생기는 시기는 사람마다 모두 다른 것 같습니다. 누군가
는 아주 어릴 때부터 꿈꿔온 것이 이어질 수도, 다른 누군가는
이미 꿈을 이루고 난 후에 다른 꿈을 더 가질 수도 있고 말이에
요. 그렇기에 꿈이 없다고 조급해할 필요는 없습니다. 물론 한
번 깊게 고민하는 것도 도움이 되겠지만 계속 조급해하는 것보
다는 자신이 좋아하는 것부터 차근차근 찾아보세요.

　저는 제 글에 청소년기에 많이 하는 고민 중 하나인 진로 고
민에 관한 내용을 담았는데요. 꿈에 대한 고민은 사실 누구나
한 번쯤은 해보셨을 고민이라고 생각합니다. 향수라는 큰 주제
안에서 꿈과 친구라는 키워드를 넣어 '바쁜 현실에 지쳐 꿈을

잊고 살고 있지는 않은지?'로 하연이의 성장에 대한 글을 썼습니다. '향과 기억'에서는 주인공 하연이가 주변 친구들이 꿈을 가지고 각자의 길에서 노력하는 모습을 보고 조급함을 느끼는데, 우연히 어릴 적 친구에게 빌렸던 소설책 한 권을 발견하며 소중한 친구와 잊었던 꿈을 발견하는 이야기를 담았습니다.

분명 어릴 때는 꿈도 많고 하고 싶은 것도 셀 수없이 많았는데 점점 현실적인 이유로 포기하게 되는 게 정말 안타까운 것 같습니다. 꿈을 가진 것 자체만으로도 분명히 멋진 일인데 말이죠. 저는 이 향과 기억을 통해 꿈을 찾기 위해 노력하는 분들, 꿈을 위해 노력하는 분들 모두에게 도움이 되기를 바랍니다. 읽어주셔서 감사합니다.

마지막 향

★★★

첫사랑을 추억이라
부르는 법

1학년 고은서

졸업이 얼마 남지 않은 날,
나에게 새로운 인연이 생길 거라곤
예상치도 못했다.

졸업축제 D-25

12월 초, 한 해를 마무리하는 달에 접어들었고 졸업을 축하하는 축제가 학생들을 기다리고 있다.

　그리고 현재 각 반에서는 졸업 축제 준비를 위한 위원들을 뽑고
있으며 그 가운데 나는 초조하게 내 이름만이 불리지 않기를 바라
는 소원을 빌고 있다.

　졸업하기 전까지 편하게 학교생활 좀 하고 싶은데..

　...

"선생님 정수빈 추천이요!"

하…… 소원을 빈 지 얼마나 지났다고 벌써 내 이름이 불리냐.

그래 생각하는 대로 풀리는 인생은 재미없지..

"음, 수빈이라면 충분히 잘 해낼 것 같네 워낙 성실하니까

그럼 수빈아 네가 해볼래?"

"네"

어라? 잠시만 나 방금 준비위원 하겠다고 말한 거야?

　생각에 잠겨 있다가 나도 모르게 얼떨결에 대답해버리고 말았다.

　결국, 나는 오늘 당장 방과 후에 소중한 나의 시간을 반납하면서
졸업 축제 준비위원이 되어 일하게 되었다.

　첫 회의 장소는 3학년 4반, 남들보다 일찍 도착한 나는 자리에 앉
으며 맡은 일에 대한 부담감을 풀려 노력했다.

　차차 머릿속이 정리되자 안도감에 그만 입 밖으로 내 생각을 그대
로 내뱉어 버렸다.

"어휴, 맡은 이상 그냥 해야지 어쩔 수 있나!"

…

"어, 안녕."

아, 도착하자마자 일을 저질렀다.

너무 정신이 없어 옆자리에 누군가가 있는 줄도 몰랐다.

조금씩 정신이 되돌아오자 주변이 보이기 시작했다.

내가 반에 들어서기 전에 이미 걔는 앉아 있었던 것이었다.

어색한 상황을 무마하고자 인사를 건넸지만, 그 후 쏟아지는 부끄러움에 결국 나는 그대로 주저앉고 말았다.

초면에 허공에 대고 소리 지른 셈이라니…… 망신살은 다 내 몫인가 보다.

"저, 괜찮아?"

"아마 괜찮아…… 못 본 척해 줘."

그 남자애는 내가 많이 안쓰러워 보였는지 망설이다 말을 건 것 같았다. 하지만 그 상황에서 내가 더 할 수 있는 일은 없기에 그냥 괜찮다고 했다. 사실 하나도 안 괜찮아!!

간신히 정신을 붙잡고 자리에 앉자 곧 문이 열리고 다른 아이들도 하나둘씩 들어오기 시작했다.

10분 정도가 지났을까 1반부터 제일 끝 반인 8반까지 해서 8명의 학생과 앞으로의 계획을 안내해 주실 선생님 한 분까지 모두 반에 모였다.

선생님께서는 이번 연도부터는 준비위원들 중심으로 축제를 기획, 실행할 것이고 선생님의 역할은 학생들이 작성한 계획안을 검토 후 행정실에 운영비를 신청하는 것 정도여서

준비위원의 역할이 클 것이라고 말씀해 주셨다.

설명을 듣고 첫 회의가 끝나자 하나둘씩 가방을 챙겨 밖으로 나서기 시작했다.

나 또한 너무 어색해 숨이 막힐 지경인 교실을 얼른 벗어나고 싶어 가방을 급하게 챙기고 빠른 발걸음으로 학교를 나왔다.

그런데 하필 오늘 수업 전 마주친 그 아이와 집으로 가는 길이 겹쳤다.

"하, 어떡하냐 이제 좀 숨 쉬나 했는데."

나는 좁은 골목길에서의 어색한 공기에서 빠져나오고 싶기도 했고 걔가 어떤 아이인지도 궁금한 마음에 말을 건네보려 노력했다.

하지만 누군가가 나를 붙잡고 있는 듯 용기는 안 생기고 너무 걔를 의식한 탓에 멀쩡하게 걸어가던 발마저 꼬일 지경이었다.

그래서 그냥 무시하고 걸어갈까 생각하던 와중 지금 아니면 더 어색해져서 앞으로 말도 못하겠다 싶은 마음에 빠르게 걔 뒤를 쫓아가 먼저 말을 걸었다.

"어, 우리 또 만나네."

"……응? 나? 아, 그러게"

그 골목길엔 어차피 우리 둘만 있었지만, 걔도 마찬가지로 너무 어색했던 탓인지 나에게 되물었다 답했고 나는 대화를 계속 이어나가

고 싶은 마음에 새로운 이야기를 시도했다.

"너는 몇 반이야?"

"난 4반이야."

"오오, 나는 2반이야."

"……."

"같은 짝수네!"

같은 짝수는 무슨 순식간에 다시 썰렁해진 분위기에 나는 어찌할 바를 모르다 겨우 다시 말을 꺼냈다.

"그래서 너는 이름이 뭐야?"

"백목연."

"이름 신기하네. 나는 정수빈이야."

"……."

하지만 대화가 잘 이어나가지 않자 나는 그냥 포기하고 말을 걸 시도조차 하지 않기로 했다.

살다 살다 이렇게 말이 없는 애는 처음 보네..

내가 먼저 말을 걸게 되다니..

"어, 나는 여기서 이쪽으로 가야 해. 그럼 내일 봐"

그래도 작별인사는 서로 간의 예의라고 생각했는지 먼저 말을 해주는 모습에 나는 약간 감동하였다.

그래도 나를 인식은 하고 있었구나.!!

걔가 사라지고 이제야 숨통이 트이는 느낌이 들어 주변 공기가 상쾌하진 않지만 후련한 마음에 조금 퀴퀴한 하수구 냄새라도 숨을 크게 들이마셨다.

어휴 내일 또 만날 텐데 어떻게 인사하지.

졸업축제 D-24

오늘부터는 선생님 없이 준비위원 부장을 중심으로 회의를 이어
나가야 한다.

그리고 지금 준비위원 부장을 뽑기 위해 회의 전 잠깐 투표시간
을 가졌다.

"그럼, 후보 먼저 받을게. 혹시 부장 해보고 싶은 사람 있어?"

부장은 사서 고생하는 것임을 다들 아는지 모두가 한마음 한뜻
으로 손을 들지 않는 상황이 일어났으나 그때 한 남자애가 나섰다.

"…… 내가 해볼게"

걔는 백목연을 제외하고 여기서 유일하게 내가 아는 애이자 작년
우리 반 반장이었던 강서하였다. 물론 한 해가 다 지나가는 동안 말
한 번 제대로 해보지 못했지만…….

후보가 한 명밖에 나오지 않자 부장은 자동으로 강서하가 되었고
이제 본격적으로 회의가 시작됐다.

"혹시 다들 축제에 대해 의견 있어? 아무거나 상관없으니까 궁금
한 것이라도 물어봐 줘."

다들 망설이며 의견을 내지 못하던 중에 한 여자애가 먼저 의견
을 꺼냈다.

"음, 혹시 이거 8명 안에서도 부서를 나누어 진행하는 건 어때? 그러니까 예를 들면 홍보, 기획 등을 역할 분담을 해서 진행하는 거야."

"어, 괜찮은 것 같아. 사실 축제까지 24일이 남았는데 시간을 빠듯하지 않게 쓰기 위해선 각자의 역할을 나누는 게 맞는 거 같기도 하고 또 그렇게 하면 모두가 일에 적극적으로 참여할 수 있잖아."

오, 적당히 남들 사이에 묻혀가기는 글렀네.

그냥 열심히 해보라는 운명이냐?

"그러면 2명, 3명, 3명으로 나누는 게 어때? 사람이 상대적으로 덜 필요한 운영부는 2명, 나머지 기획부, 홍보부는 3명으로."

그렇게 조를 나누기로 결정되었고 나의 희망은 강서하와 같은 부서가 되는 것이었다.

왜냐하면, 강서하와 비록 대화한 적은 없지만, 성격이 좋다는 거는 예전부터 잘 알고 있었고 무엇보다 내적 친밀감이 매우 높았기 때문이다. 이 기회에 또 친해지면 좋지.

"그럼 부서를 짜볼까? 나는 아무래도 부장이니까 운영부에 들어갈게."

"어 잠시만 나도 운영부 할래."

"앗, 나도."

여기서 내가 강서하와 같은 부가 되는 방법은 운영부에 들어가는 것뿐이었지만 예전부터 인기가 많았던 강서하를 따라 들어가고 싶어 하는 애가 많은 건지 생각보다 훨씬 인기가 많았다.

음, 글렀네. 사실 나도 저렇게 치열하게 나서면서까지 강서하와 같은 부를 하고 싶진 않긴 해.

그냥 이렇게 된 이상 그냥 홍보부나 들어가야지

사실 원래 홍보부에 관심이 있기도 했고.

뭐 최고의 상황은 강서하와 홍보부를 하는 것이긴 하지만

"나는 홍보부나 들어갈게."

"그래. 근데 운영부를 원했던 사람이 2명이나 더 있었으니까 내가 그냥 양보하고 홍보부로 갈게. 운영부는 지원한 너네끼리 하면 될 것 같아."

엥 강서하가 운영부를 안 하게 된다고?

강서하와 같은 부를 하고 싶던 애들에게는 안타까운 일이지만. 나는 잘됐네. 강서하랑 같은 조면 일단 조금이라도 편하게 활동할 수 있지 않을까.

"그럼, 아직 지원 안 한 사람 4명은 어디 가고 싶은지 말해 줘. 아니면 백목연 나랑 같이 홍보부 할래?"

"……알겠어, 나도 홍보부 같이 들어갈게."

어라 쟤네 원래 아는 사이였나?

그래도 일단 뭐 그나마 아는 애가 한 명 더 들어왔으니까 내 기준에서는 너무 이상적인 조합이네.

뭐지 오늘 일이 되게 잘 풀리는 것 같냐.!!

"그럼 자동으로 나머지 3명은 기획부에 넣을게. 부서끼리는 어떤 일을 맡을지도 정하자."

"음, 기획부는 세부적인 축제의 내용을 짜주면 좋겠고, 홍보부는 기획부의 내용을 바탕으로 축제 홍보, 축제 전 이벤트들을 관리해 주면 좋을 것 같아. 그러면 운영부가 전체적인 소통을 돕고 점검 후 선

생님께 전달하는 거 어때.”

“음, 좋아. 이렇게 일이 잘 진행되다니 이번 축제는 성공적일 것 같네. 이젠 앞으로 알아서 부서끼리 모여주면 될 것 같아 그럼 다음 회의는 일주일 뒤에 있는 걸로 다들 수고해”

휴 오늘도 무사히 끝냈네! 근데 이제 8명 모두가 아니라 부서끼리만 만나는 거라니 은근히 떨리냐

졸업축제 D-22

“그러면 너랑 백목연이랑 하교하면서 이미 만난 적이 있었다는 거지?”

“응, 맞아. 근데 뭐 많이 이야기하진 못했고 그냥 인사 정도.”

“오오 그럼 조금 편하게 말할 수 있겠다. 백목연 너도 입 좀 털어봐. 우리 지금 카페 도착해서 만난 지 30분이나 됐는데 나랑 수빈이만 대화하고 있어.”

그렇다. 우리는 지금 카페에 도착한 지 30분이나 되었는데 나랑 강서하만 서로 이야기를 하는 중이다.

그래도 나마저 조용히 있으면 강서하가 곤란하겠지.

“강서하, 너는 어쩌다 목연이랑 친해진 거야? 둘이 친할 줄은 예상도 못했는데.”

“그냥 소꿉친구 같은 거지. 어릴 때부터 부모님끼리도 친하셨고. 음, 그럼 이제 본격적으로 홍보부에 대해 말해 보자. 어제 기획부에

서 축제 내용들을 받아 왔어. 한 번 읽어봐."

음, 공연에 간단한 레크레이션 그리고 귀신의 집도 있네. 신기하다 생각보다 알차고 재밌겠어.

"이런 축제 내용들은 우리가 SNS를 개설해서 알려주고 축제 전에 할 홍보들에 대해서도 생각해 보자."

흠, 축제 전에 할 홍보라. 그때 백목연이 말을 건넸다.

"……우선 무난한 벽보지랑 축제 홍보지에 경품추천권을 넣어서 나누어주는 건 어때."

"오, 백목연 좋은 생각인데 수빈이는 어떻게 생각해?"

"나도 그 의견 좋아. 그럼, 우리 일단 SNS부터 먼저 만들어서 게시글을 올리자."

"어, 이 정도면 될려나?"

강서하가 조심스레 목소리를 꺼냈다.

"당연하지 누구든 이걸 보면 놀랄 거야."

거기에 백목연은 맞장구를 쳤다.

그리고 그걸 보는 나는 그냥 한숨만이 나왔다.

이놈들의 미적 능력은 어디로 갔길래……

백목연과 강서하가 SNS에 올리기 위해 만든 디자인을 보자

내가 이전에 한 행동이 후회되었다.

너무 자신만만하게 강서하가 우리가 하겠다고 하는 걸 말렸어야 했는데. 너무 열심히 하는 것처럼 보여서.

"그럼 이제 올려볼까?"

"아니, 아니 잠깐! 혹시 너네는 홍보 계획에 대해 생각하고 있어

줄래? 내가 손 좀 보고 올릴게. 하하…… 그게 이 부분만 고치면 더 반응이 좋을 것 같아."

"그런가.. 알았어"

휴.. 일단은 내가 좀 해야겠어

"저기…… 너네는 계획 어느 정도 짰니? 나는 지금 다 완성해서 올렸어."

"잠시만 기다려봐. 곧 알려줄게."

저렇게 열심히 하다니 역시 강서하는 열정적이야. 백목연도 첫인상과는 다르게 열심이고 나도 최선을 다해야겠다.

"홍보 벽보지에 들어갈 문구는 이런 게 좋을 것 같고, 축제에서 추첨할 경품도 정해야 하는데 이 부분은 비용적인 문제와도 연관되니까 전체 회의 때 말해 봐야겠어."

"아아, 응. 그러면 벽보지는 확정된 거니까 그거 디자인은 어떻게 할 거야?"

"음, 내가 할까? SNS 게시물을 만들 때 꽤 재밌었어서."

엥, 백목연이? 불안하지만 재밌다고 하니까 뭐라 할 수도 없고, 그냥 나도 같이해야지.

"목연아, 나도 같이 해도 될까? 옆에서 도와줄게"

"그래 알겠어."

"그러면 혹시 내일 따로 시간 낼 수 있어?"

"어, 가능하긴 해."

"헐, 뭐야 나 빼고 만나는 거야? 서하 서운해."

"뭔 되지도 않는 애교야 너는 바쁠 것 같아서 그래. 어차피 또 만나게 될 건데."

"역시 수빈이는 내 사정을 알아주는구나? 알았어. 아쉽지만 어쩔 수 없지 그럼 학교에서 보자."

"그래, 다들 조심히 들어가."

졸업축제 D-21

오늘 백목연이랑 만나기로 해서 어제 만난 그 카페로 나왔건만 좀 늦는 것 같네 원래 잘 안 늦는 편으로 보이던데……

엇, 저기서 뛰어오는 건 백목연인가?

저렇게 급하게 뛰는 모습을 보니까 평소랑 답지 않게 웃기냐.

"미안해 많이 늦었지."

"아, 아니야 괜찮아 별로 안 기다렸어."

"그러면 다행이고 사실 길을 잃어버려서……."

"아, 그런 거였어? 원래 시간은 칼같이 지키는 것 같은데 좀 늦길래 걱정했잖아."

"미안. 춥겠다 얼른 안으로 들어가자."

"…… 그러면 여기는 이 폰트로 바꾸고, 사진 위치는 여기가 좋겠다! 일이 술술 잘 풀리네. 같이 만들고 있어서 그런가."

"뭐, 수빈이 네가 거의 다 하고 있지만 확실히 너는 이쪽으로 재능이 있는 것 같아."

"에이, 그런 건 아니지만 칭찬은 고마워. 너도 지금 잘하고 있어."

"그런가. 알았어."

"우리 이제 카페 나갈까? 이렇게 빨리 완성할 줄은 예상도 못했는데."

"그러게."

"음, 아직 오후 3시밖에 안 되었는데 이대로 헤어지긴 묘하게 아쉽다."

"그럼 노래방 갈래?"

음, 노래방을 즐기는 편은 아니지만 노래방에 가서 노래 좀 부르다 보면 더욱더 친해질 수 있지 않을까?

"그래 좋아! 저어기 노래방 어때?"

-

"백목연 너는 노래방 자주 가는 편이야?"

"그런 건 아니고, 강서하가 자주 끌고 오긴 하지."

"그럼 너 먼저 부를래?"

"어, 잠시만."

백목연이 번호를 치기 시작했다.

"오, 이거 어려운 곡인데 기대된다."

"……그냥 별 건 없고 들어줘."

백목연은 마이크를 잡고 가볍게 첫 소절을 부르기 시작했다.

"오, 뭐야 잘 부르잖아? 가수 안 하고 뭐했냐."

"아니…… 그렇게 잘 부르는 건 아닌데."

"됐어. 빨리 노래나 마저 불러."

백목연이 내가 하는 칭찬에 잠깐 멈칫거리더니 마저 노래를 불렀다.

"어땠어?"

"당연히 잘했지. 그럼 내가 선곡할게."

내가 고른 노래는 캐롤이었다.

아직 크리스마스까지는 좀 남았지만 캐롤은 언제 불러도 좋은 법이니까.

신나게 한마음 되어 열창하고 나니 후덥지근하고 이제 슬슬 목이 칼칼해져 밖으로 나왔다.

백목연이랑 전보단 훨씬 친해진 것 같네.

"나는 진짜 네가 먼저 노래방에 가자 할 줄은 몰랐다니까."

"그냥 강서하랑 가던 게 생각나서."

백목연이 입꼬리를 올리며 말했다.

갑자기 웃는 백목연에 묘한 마음이 들자 나는 얼른 고개를 돌리며 발걸음을 빨리했다.

"잘 가."

"너도 조심히 들어가."

예전에 한 번 마주쳤던 어색한 그 골목길이었지만 지금은 뭔가 달라진 분위기에 누가 이렇게 될 줄 알았을까 생각하며 우리는 각자 헤어졌다.

졸업 축제 D-17

날이 밝았고 여느 때처럼 학교에 가지만 오늘은 좀 다르다.

바로 전체 부서가 모여 회의하는 날이었다.

"그럼, 이제 우리 홍보부에서는 뭘 준비했는지 보여줄게 수빈아, 여기 자료 좀 띄워줘."

강서하 또 무슨 이상한 자료를 만들어 온 거야!

"다들 혹시 2일 전에 생긴 축제 공지 SNS 아니? 본 사람은 이게 익숙한 화면이겠지만 우리는 이런 식의 사진을 올려서 축제 관련 정보들을 알렸어. 또 이건 학교 복도랑 게시판에 붙일 벽보지들이야."

"오, 벌써 준비를 많이 했구나"

"응. 너희 운영부는 어떻게 되어가고 있어?"

"아, 우리는 기획부에서 말한 공연과 레크레이션 그리고 귀신의 집에 대해 알아보고 있었어. 공연은 댄스부랑 밴드부에 부탁했는데 흔쾌히 승낙해 주더라고 다행이야."

"그럼 레크레이션은 국어 선생님께 부탁드리면 어떨까? 작년에도 축제 진행을 맡으신 거로 기억하거든. 또 귀신의 집 준비가 좀 어려울 것 같은데 괜찮다면 기획부랑 홍보부에도 일을 나누어 줘. 우리가 도울게."

"아, 안 그래도 부탁하려고 했어. 귀신의 집을 세 가지 난이도를 좀 나누어 보려고 하는데 부서마다 한 난이도 씩 맡아주면 좋겠어."

음, 세 가지 난이도로 진행한다면 인원이 몰리는 것도 방지하고 좋겠네. 할 일이 늘어나긴 하겠지만.

그렇게 운영부는 난이도 하, 홍보부는 중, 기획부는 상을 담당하게 되었다.

"그리고 홍보부에서 의견을 나눌 때 또 생각한 게 있는데 축제 전에 홍보지를 나누어 주면서 거기에 경품 추첨권을 같이 넣어보려고 축제 당일날 경품 추첨하는 시간도 가지면 좋을 것 같아."

"그래, 그러면 홍보지 나누어 주는 건 얼른 시작해야겠네."

"그럼, 백목연이랑 정수빈은 오늘 잠깐 남을 수 있어? 홍보지 나눠주는 날 관련해서 디자인까지 오늘 안에 상의를 다 하면 좋을 것 같거든."

"어, 알았어."

"좋아. 그리고 수빈이가 홍보지 디자인 좀 해줄 수 있어? 저번에도 그렇고 잘하더라. 백목연이랑 나는 그냥 안 나설게."

강서하가 직접 부탁을 하려는 게 미안한지 말끝을 흐리며 말했다.

"응, 알겠어."

귀찮긴 하지만 뭐 오래 걸리는 것도 아니고 벽보지 기존 디자인에 번호 칸만 추가해서 직접 번호를 적으면 되겠네.

—

"……항상 보면 일은 막상 정수빈이 다 하는 것 같아."

"뭐 그냥 시키면 하는 거지. 백목연, 너도 좀 분발해."

백목연이 일이 거의 끝나가는 나를 보며 말을 꺼냈고 나는 장난스럽게 맞받아치며 답했다.

"백목연, 할 일 없으면 여기 번호 좀 적어봐. 강서하도 좀 부탁할게."

"알았어."

"근데 귀신의 집은 어디서 진행하는 거야? 어쩌다 보니까 대뜸 난이도만 알게 되었네. 혹시 서하 네가 따로 연락받은 건 있어?"

"아, 내가 까먹고 안 말했네. 귀신의 집은 안 쓰는 교실들을 사용한다고 했어. 미리 허락을 맡았대 우리는 예절실을 담당하게 될 거야."

"예절실이라는 곳이 있었나?"

"뭐야, 백목연. 너 우리 학교 학생 맞냐. 아무리 잘 안 썼어도 그렇지."

예절실의 존재도 몰랐다는 백목연에 나는 장난스레 시비를 걸며 답했다.

"……그렇구나 강서하 너는 알았어?"

"음, 조용히 묻어가려고 했는데 사실 나도 몰랐어."

"뭐야 다들 진짜로? 뭐 그게 중요하진 않지만, 어차피 이제 자주 가게 될 거니까."

이 말을 끝으로 다들 본격적으로 각자 일을 하기 시작했다.

"번호는 이제 다 채운 것 같은데?"

조용히 번호만 적고 있던 와중 정적을 깨며 강서하가 말했다.

"그러게. 그럼 귀신의 집은 어떤 느낌으로 할까."

"개인적으로 교실에 단어가 적힌 쪽지를 숨기고 미션 같은 걸 진행하면 재밌을 것 같아."

"오오 아이디어가 바로 나오네."

"서하 오늘 등교할 때부터 귀신의 집 이야기만 하고 있었어."

"아니, 백목연. 그걸 말하면 어떡해. 부끄럽잖아."

"아, 그런 거야? 꽤 기대했었나 보지?"

"그래 그렇다고 치자. 그래서 내 의견 어떻게 생각해? 백목연은 등교할 때 이미 좋다고 말했었고."

"나도 당연히 좋아."

일은 착착 잘 진행이 되어갔고 귀신의 집은 축제 준비를 위해 준비위원 모두가 강당에 모이는 날에 꾸미고 가기로 했다.

분명 곧 졸업인데 쉬지도 않고 일하는데도 이렇게 즐겁다니
신기하다.

졸업 축제 D-14

드디어 홍보지를 나누어 주는 날이 다가왔다.
홍보지를 직접 건네주는 걸 생각하니 막막하네.

"백목연! 여기로 와서 나누어주면 돼."

"응, 알겠어."

낯가리는 사람 두 명에서 홍보지를 주기 위해 서 있으니 역시 만만치 않네. 강서하는 도대체 왜 안 오는 거야?!

둘 다 이런 상황이 처음이라 그런지 마치 첫 만남을 연상케 하는 얼어붙은 분위기가 다시 왔다.

"이거 많이 힘든 일이었구나. 강서하는 도대체 언제 오는 거야?"

"아, 걔 오늘 늦게 일어나서 지각일 것 같다고는 연락이 왔는데 결국 안 오는 건가."

"계속 우리끼리 하게 되겠네. 근데 너는 어쩌다가 준비위원으로 일하게 된 거야?"

"그냥 반 애들이 추천해서 어쩌다 보니까 하게 됐네. 너는?"

"헐, 나도 완전 똑같아."

"신기하다. 우리 운명인가 봐."

그런 말을 아무렇지도 않게 내뱉는 백목연에 놀라서 쳐다보자 웃으면서 나를 내려다보았다.

갑자기 심장이 꼬이는 듯한 느낌을 받았다.

뭐지 이 기분?

훅 들어오는 새로운 감정에 평소답지 않게 당황한 기색을 얼굴에 비추었다.

"괜찮아? 내가 뭐 잘못한 거 있어?"

"에, 아니 아니야 전혀 그냥 좀 다른 생각했어. 갑자기 뭔 잘못이야."

나는 애써 웃으면서 답했다.

"그냥 얼굴이 갑자기 굳길래."

"별거 아니야. 너랑 관련된 건 더더욱 아니고."

나 혼자 찔려서 격한 부정을 해버렸나. 백목연 생각을 한 게 맞긴 하지만 사실대로 말하기는 아무래도 좀 그렇지.

얼른 상황을 수습하고 싶던 그 순간 강서하가 뛰어오고 있는 모습을 보자 다급하게 말을 걸었다.

"강서하, 왜 이렇게 늦었어? 우리 완전 힘들었다고.""미안 미안. 오늘 늦게 일어나 버렸네. 근데 뭐야, 홍보지 양이 어째 그대로인 것 같냐."

"사실 맞아. 이런 거 다시는 못할 것 같더라."

"그래? 일단 홍보지 좀 건네줘. 지금이라도 도와줄게."

그렇게 홍보지를 나누어준 지 30분이 지났을까 두툼하던 홍보지들은 모두 사라졌다.

"이제 다음 주에 다시 보겠네. 귀신의 집은 내가 대충 구상해서 보내준 거 봤지? 각자 거기에 장식할 것들 좀 가지고 와줘"

졸업 축제 D-7

강당에 준비위원들이 모두 모여 축제 준비를 하고 있었다.

벌써 축제가 얼마 남지 않았으며 그 말은 즉 방학식마저 이제 얼마 남지 않아 이 학교를 더 이상 올 일이 사라진다.

짜증 나는 일도 많았지만 그만큼 정도 많이 들었었는데…….

은근 아쉽다.

"정수빈! 거기 의자 좀 제대로 놔줘."

"응, 잠시만."

또 순간 멍을 때려버렸네…….

모두가 축제 준비로 바삐 움직이는 가운데 나 혼자 시간이 멈춘 듯이 가만히 생각에 잠겨버렸었다.

요즘 이런 일이 꽤 빈번하게 일어났고 이 모든 복잡한 고민의 원인은 전부 백목연으로 인해 생겼다.

졸업을 앞둔 상황에서 첫사랑이 생겨버리다니 진짜 운도 지지리 없지.

아무리 생각해 봐도 내가 백목연한테 느낀 감정은 사랑이 맞는 것 같다. 이런 감정은 처음이라 초반에는 부정했지만, 시간이 지날수록 나의 마음에 확신이 가기 시작했다.

그렇다고 섣부르게 좋아하는 티를 내기엔 부끄러워서 망설여지기도 하고 또 나의 마음에 의문이 들기 시작했다.

나 진짜 백목연을 좋아하는 게 맞아?

그냥 첫사랑이 생겼다는 감정에 사로잡혀서 백목연을 좋아한다 생각하게 된 거 아니야?

늦은 첫사랑에 대한 로망이 있었는데 갑자기 이렇게 훅 들어올 줄 누가 알았겠냐.

그 애만 보면 눈에 콩깍지를 낀 것처럼 너무나 세상이 좋아 보이고 그렇네.

그때 갑자기 강서하가 내 뒤로 오더니 내 어깨를 잡았다.

"정수빈 또 멍때려? 가을이라도 타는 건가?"

"아! 강서하. 뭐야 놀랐잖아. 가을은 무슨 지금 겨울이거든?"

"에이, 그냥 장난이지 뭘 그렇게 화들짝 놀라? 보니까 지금 사색에 잠긴 거 맞네."

"사색까진 아니고 그냥 졸업이 다가오니까 생각이 많아진다고 해야 하나."

"아, 그런 거야? 난 또 심각한 건 줄 알았네. 걱정 마 수빈아 나는 졸업해도 너랑 계속 만나줄게."

"뭐? 그런 거 아니거든. 됐어, 안 바빠? 얼른 일하러나 가."

"어어, 알았어. 갈게. 너도 일 열심히 해 멍 그만 때리고."

강서하 녀석 드디어 갔네. 어휴 근데 내가 뭔 생각을 하고 있었더라? 쟤가 놀라게 하는 바람에 다 까먹어 버렸잖아…….

다들 분주한 분위기 속에서 축제를 준비하고 있었고 마무리로 방송부와 같이 무대 리허설을 해보기도 한 후 작별 인사를 했다.

"다들 축제 준비하느라 수고했어. 이제 곧 축제인데 다들 즐겼으면 좋겠어. 그동안 너무 잘 따라와 줘서 고마워."

"서하 덕분이지 축제를 책임진다는 게 쉬운 일은 아니었을 텐데도 모두 한 마음 되어 일할 수 있어서 좋았어. 우리 졸업 후에도 다 같이 보면 좋겠다."

그렇게 학생들 사이로 훈훈한 말들이 오갔고 하나둘씩 하교를 하기 시작했다.

그렇지만 우리 홍보부는 남아야 하지.

"그럼, 우리도 이제 예절실로 가볼까?"

-

"백목연 저기 천장에 거미줄 좀 달아줄 수 있어?"

"알았어."

후 저번 주를 마지막으로 이렇게 가까이 있는 건 처음이구나.

내가 너무 백목연을 의식해서 그런가.

말 거는 것도 괜히 떨리고 그렇네.

좋아하는 게 많이 티가 나면 어떡하지?!

백목연은 눈치가 없어서 모를 것 같긴 하다만.

"······이제 우리는 뭘 더 하면 될까"

"그러게 잠시만. 강서하 혹시 거기는 잘 되어가?"

"그냥 그럭저럭. 근데 고민이 있어. 과연 학생들이 여기서 무서움을 느낄지 모르겠네."

"음, 그건 괜찮을 것 같아. 불만 꺼도 어두워서 무서우니까 말이야 미션까지 수행해야 한다고 하면 나는 도망칠 듯."

"휴, 그렇게 말해 줘서 고맙네. 너네는 다 끝났어?"

"응, 그래서 뭐 도울 거 없는지 물어보려고." "뭐 딱히 도와줄 건 없고 할 거 없으면 나가서 과자나 좀 사 와봐. 나도 이거 매달고 쪽지 숨겨두면 끝이라서." "알았어. 백목연, 우리 과자 사 올래? 강서하가 저거 하는 동안."

"알겠어."

-

교문을 나서자 차가운 바람과 함께 겨울 냄새가 확 퍼졌다.

서늘한 공기를 느끼며 조용한 거리를 걷는 것은 겨울에 누릴 수 있는 최고의 혜택이 아닐까..

인도를 따라 걷다 보니 작은 마트가 하나 나왔다.

딸랑-

문을 열자 청량하게 퍼지는 소리에 왠지 기분이 좋아지고는 했다.

하루하루가 오늘 같았으면..

과자 진열대를 보며 백목연에게 말을 걸었다.

"너는 어떤 과자 좋아해?"

"그냥…… 달달한 거."

"뭐야, 완전 잘 어울려." "그게 무슨 뜻인지는 모르겠지만 고마워."

너무 본심이 나갔었나…….

사실 백목연은 달달함과 제일 잘 어울리는 사람이었다.

겨울에 먹는 꽁꽁 언 초콜릿 같은 느낌이랄까

차가우면서도 달달한 이면에 나는 끌린 걸지도 모르겠다.

그렇게 백목연이 좋아하는 달달한 과자 하나

강서하의 취향이라는 짭조름한 감자칩 하나

그리고 내가 좋아하는 떡볶이 과자까지

-

"오, 뭐야. 이 감자칩 내가 제일 좋아하는 건데 이걸 사 오다니."

"백목연이 네가 이거 좋아한다고 알려줬어."

"음, 너는 떡볶이 과자야? 나도 이거 좋아하는데! 그리고 여기……보기만 해도 달아서 혀가 썩을 것 같은 건 당연히 백목연 취향이겠지."

"넌 단 거 안 좋아해?"

"그런 건 아닌데 저건 좀 너무 달더라.""..맛있는데"

"뭐야, 맛이 어떻길래 그런 반응이지? 궁금하다 나도 하나 먹어볼래."

백목연이 건네준 과자를 한 입 베어 무는 순간 느꼈다.

이건 좀 아니라는 걸. 너무 달잖아?!

"음, 많이 달긴 하네."

"그렇지? 내 감자칩 먹어봐 난 이거 진짜 거의 매일 먹는 것 같아.""뭐야 맛있다! 떡볶이 과자도 그렇고 나는 좀 짠 게 취향인가봐."

그렇게 이런저런 이야기를 하다 보니 벌써 밖이 어두워지기 시작했다.

"너무 오래 있었네. 아무리 선생님께 허락을 맡았다지만 이 시간까지 있었다는 걸 아시면 혼내시겠는데?"

"그러게……. 아무리 여기를 우리가 꾸몄다고는 하지만 어두워지니까 역시 무서워. 얼른 나가자."

"그럼 다들 잘 가."

"오늘 고생했어."

졸업 축제 D-Day

졸업에 한 발짝 더 다가가는 졸업축제가 마침내 오늘로 찾아왔다.

오늘 모든 게 다 끝난다니 뭔가 후련하기도 하고 아쉽네.

그래도 이때까지의 성과가 나오는 날이니…….

마지막까지 힘내자!

-

"귀신의 집에 오신 걸 환영합니다. 이 문으로 들어가서서 쪽지를 발견한 후 미션을 수행하면 탈출할 수 있습니다."

"제한 시간은 각 팀당 10분이니 꼭 지켜주세요."

"..그럼 탈출 후에 뵙겠습니다."

"후, 이 말만 도대체 몇 번째지."

"나도 귀신의 집 체험해 보고 싶다."

"이젠 지쳤어."

2시간 내내 안내만 했던 우리는 지쳐서 기운이 다 빠져버린 상태로 힘겹게 말을 이어나갔다.

그때 같은 준비위원으로 보이는 애가 말을 걸었다.

"강서하, 아직도 하고 있어? 역시 난이도가 무난해서 그런가 사람이 많네. 지금 우리 쪽은 난이도 상이라 그런지 이젠 사람이 더 안 와."

"오, 기획부는 벌써 끝났구나. 부럽네."

"혹시 잠깐 체험해 보러 놀러 가볼래? 여기는 우리가 맡고 있을게."

"그럼, 거기는 민지 혼자 안내하고 있나? 어때 머리 식힐 겸.. 은 아니지만 가볼래?"

"좋아. 걔네가 한 거 궁금하기도 하고 백목연도 체험해 보고 싶어 했잖아."

—

기획부. 가만 안 둔다 진짜. 그리고 다들 어디 있는 거야!!

현재 나, 강서하, 백목연 셋이서 기획부 귀신의 집을 들어갔는데 어디에도 강서하와 백목연은 보이지 않아서 혼자 쓸쓸하게 출구로 향할 열쇠를 찾아다니고 있다.

"이건 뭐지? 가발?"

바닥에 떨어진 가발을 주워보는 순간 안에서 열쇠가 떨어졌다.

아니 누가 이런 음침한 가발을 건드려 보겠냐구. 이러니까 더 체험하러 오는 사람이 없지.

빨리 나가고 싶어서 뭐든 건드려 봤지만 이렇게 열쇠가 생각보다 빨리 나올 줄이야……

그러면 이제 출구를 찾아볼까

그때 우당탕 뭔가 떨어지는 소리가 들려 고개를 돌려보니
강서하로 추정되는 인물이 뒤에 있었다.

"강서하? 어디 있었어? 들어간 지 3분도 안 된 것 같은데 너희가 사라져서 엄청 놀랐잖아. 근데 백목연은?"

"그게…… 분명 나랑 같이 있었는데 불러도 대답이 없길래 너한테 간 줄 알았지. 그럼 백목연은 도대체 어디 있는 거야?"

"그러게. 일단은 열쇠를 찾았으니까 우리라도 밖으로 나가자."

"그래 알았어. 애네 너무 진심으로 만든 것 같아. 어디서 뭐가 나올지 모르니까 무섭네."

-

밖으로 나오니 백목연은 이미 탈출한 상태였다.

나와 강서하가 나오자 기획부의 한 친구가 눈에 띄게 당황하며 말했다.

"뭐야, 너네 어떻게 나왔어? 백목연 혼자 나왔길래 좀 놀려주려고 다시 문을 잠갔던 거로 기억하는데."

"우리는 당연히 열쇠가 있길래 그걸로 열고 나왔지."

"아니야, 나는 애초에 열쇠를 하나만 숨겼는데.."

"뭐야, 무섭게."

쎄한 기분이 들었지만 애써 모른 척하며 예절실로 돌아가 원래 하던 각자의 일을 했다.

기획부가 너무 음침하게 꾸며서인지 이런 일도 다 있나..

–

"곧 공연이 시작하니 다들 자리에 앉아주세요. 우선 다들 2주 전에 받은 경품 추첨권 가지고 있나요?"

"네!!"

사회자 선생님께서 본격적인 축제의 시작을 알리자 학생들은 일제히 대답했다.

"그럼, 지금 1차 추첨을 진행해 보도록 하겠습니다. 41번! 132번! 79번! 앞으로 나와주세요."

엥? 79번 그거 난데?! 나 지금 앞으로 나가?

"지금 한 명씩 오고 있습니다. 와! 3명 중 2명이 이 축제 준비에 힘써준 준비위원들이네요."

앞으로 나가는 도중 선생님의 말씀에 옆을 보니 백목연도 당첨이 된 모양이었다.

나는 재빨리 백목연 옆으로 가 같이 걸어 나갔다.

백목연이 나를 보더니 놀란 기색을 보이다 이내 웃었다.

"어라? 준비위원 두 분 사이에 심상치 않은 기류가 있는 것 같은데요……?"

사회를 보시는 선생님의 농담에 나와 백목연에게로 시선이 집중되었다.

그 순간 다시 백목연과 눈이 마주쳤는데……

백목연은 굳은 얼굴로 나를 보고 있었다.

난생처음 보는 얼굴에 나는 눈을 급하게 피했다.

선생님의 말이 기분이 나빴던 건지 아니면 그냥 내가 불편했던 건지……

표정이 안 좋아지는 모습을 보자 갑자기 나의 과거 행동들이 스쳐 지나갔다.

나 혼자 설레발쳤나 봐. 부끄러워 이때까지 뭘 상상한 거냐?

생각해 보니 나와 백목연 사이에는 아무런 진전이 없던 것 같긴 해. 나만 혼자 설렜지. 첫사랑이어서.

선생님께서도 심상치 않은 분위기를 눈치챘는지 급히 말을 돌렸다.

"그럼, 모두 나왔으니 선물을 증정하도록 하겠습니다! 지금 당첨되지 못한 학생들은 너무 아쉬워하지 마세요. 다음 기회가 있으니까요!"

아직 백목연의 차가운 눈빛에 사로잡혀서 그랬나 축제 공연은 순식간에 지나갔다.

정신을 차리니 친구가 나보고 같이 하교하자고 말하고 있었다.

잠시만 이제 방학인데 이렇게 마지막으로 말 한 번 못해 보고 끝이라고?

졸업식 전까지는 더 이상 만날 일도 없잖아.

모든 게 허무하게 끝나버렸다는 느낌을 지울 수가 없었다.

차가운 시선을 애써 무시해서라도 먼저 말을 걸어볼 걸 그랬나…….

하지만 그 표정을 생각하면 다시 등골이 오싹해졌다.

졸업 D-18

벌써 방학을 한 지 반나절이 넘는 시간이 지났다.

보통의 방학들과 다를 것 없이 평범했던 하루들의 연속이었지만 백목연 생각이 아예 안 난 건 아니다.

비교적 짧은 시간이었음에도 잊지 못한다는 건 내가 내 생각보다 훨씬 걔를 좋아하고 있었다는 뜻이겠지.

그래도 마음은 정리하기로 했다.

나는 확신이 가지 않으면 먼저 움직이지 않는 편인데

백목연과 나의 미래를 상상하면 아무것도 떠오르지 않았다.

내 본심은 이미 백목연과의 인연을 부정하는 듯했다.

역시 첫사랑은 첫사랑으로 남겨야 아름다운 거겠지!

내가 걔와 진전하기 위해 더 나섰다가는 잠깐이나마 풋풋했던 추억에 흠이 가고 말지도 몰라.

그래도 내가 좋아했었다는 것만큼은 알아주면 좋겠다는 욕심이 들었다.

이렇게 허무하게 끝나는 걸 지켜보고만 있을 수는 없지, 마지막으로 나를 기억할 수 있는 무언가를 선물해야겠다.

그렇게 내가 결정한 선물은 향수였다.

집 근처에 생긴 향수 가게가 마침 시향 이벤트 중이라는 것을 알게 된 순간 이건 하늘이 준 기회라고 느꼈다.

그리고 나는 무작정 그곳으로 발걸음을 향했다.

향수 가게에 들어가자 심상치 않은 분위기의 조향사가 나에게로 다가오며 찾는 향이 있냐고 물었다.

그걸 딱히 생각하고 온 건 아니여서 고민하는 모습을 보이자 선물을 하려는 사연을 말한다면 딱 맞는 향수를 찾아줄 수 있다고 제안하였다.

그래서 나는 백목련과 나 사이에 있던 모든 일을 말했다. 제일 최근인 축제에서의 일까지. 그리고 내가 마음 접고 첫사랑은 첫사랑 그 자체로 두기로 했다는 것도.

그러자 잠깐 고민하는 모습을 보이더니 나에게 백목련하면 생각나는 이미지는 무엇이냐 물었다.

나는 달달하면서도 차가운 느낌이 난다고 설명했다.

조향사는 시향지와 함께 선반 위 각진 병에 담긴 향수를 가져오더니 맡아 보는 것을 권유했다.

향은 처음 맡았을 땐 톡 쏘는 듯한 알싸한 느낌이 났고 뒤로 갈수록 달달해지더니 향이 사라질 때쯤엔 다시 차가운 듯한 느낌이 났다.

향에 대해서는 잘 모르지만, 이것이 백목련을 완벽하게 나타낸다는 것은 알 수 있었다.

시향을 마치고 나는 바로 사겠다고 말하며 선물용 포장까지 부탁했다.

졸업 D-Day

시간은 빠르게 흘러 졸업식 당일이 되었다.

내 가방 한쪽에는 백목연에게 줄 향수가 존재했다.

졸업 전 친구들과 단체 사진을 찍기 위해 반을 나서는데 강서하가 보였다.

"강서하, 여기서 뭐 해?"

"너한테 할 말 있어서 기다리고 있었어. 잠깐 시간 내줄 수 있어?"

강서하는 나를 붙잡으며 말했다.

나는 강서하의 말을 잠깐 들어보기로 했다.

진지하게 다가오길래 무슨 말을 하려나 긴장했었지만, 내용은 강서하 다웠다. 졸업 후에도 계속 만나면 좋겠다는 말과 축제 준비를 함께해서 좋았다는 것.

강서하는 이런 진심 어린 말을 하는데 망설인 적이 없었다.

항상 솔직하곤 했지.

나는 긍정의 의사를 표현하며 운동장으로 앞서가고 있는 친구를 얼른 뒤따라갔다.

그 후 백목연에게 향수를 주기 위해 학교 곳곳을 찾아다녔지만 어디에도 보이지 않았다.

얘는 마지막까지 얼굴 하나 안 비추네……

솔직히 어이가 없었다. 반에도 강당에도 운동장에도 없으면 그건 나를 피해 다니는 정도 아닌가?

백목연을 찾아다니는 짓거리를 한동안 하다가 나도 지쳐 선물 주는 것을 포기하기로 했다.

사실 백목연이 안 보인다는 이유로 선물을 포기하는 건 핑계라는 것을 이미 알고 있다.

왜냐하면, 원한다면 언제든지 전화하든지 해서 연락을 보낼 수 있었으니까.

그런데도 내가 그러지 못하는 이유는 아직 얼굴을 마주 볼 마음의 준비가 되지 않았고 마지막까지 구질구질한 모습은 안겨주기 싫었다. 내가 이렇게 삽질하고 있는 걸 안다면 무슨 생각을 할까.

향수는 백목연이 아니라 앞으로 오랫동안 볼 수 있는, 사랑에 확신이 가게 만들어 주는 사람에게 주기로 다짐했다. 이 향수를 산 돈도 아까워서 홧김에 내가 다 써 버리고 싶지만, 나에게는 어울리지 않는 꽤 무거운 향수인지라 이제는 내 미래 인연에 이 향수를 걸어 보기로 했다.

또 앞으로는 더 이상 사랑에 망설이다가 놓치고 마는 일은 없으리라 마음을 먹었다.

그렇게 짧고 굵었던 첫사랑은 끝이 나고 새로운 마음의 싹이 트기 시작했다.

내가 졸업 직전에 첫사랑이 생길 줄 누가 알았겠어.

그래도 퍽 나쁘지 않은 기억이니까 됐다. 뭐!

첫사랑을 추억하는 법

"백목연, 얼른 다녀와. 나는 밖에서 기다릴게."

"응. 얼른 사고 나올게."

백목연은 향수 가게 안으로 들어가더니 얼마 지나지 않아 쇼핑백을 들고나왔다.

"뭐야, 엄청나게 빨리 왔네? 평소에는 느리면서."

"그러게. 너무나 딱 맞는 향을 찾아서."

그때 바람이 살랑 불더니 강서하의 머리가 휘날렸다.

그러자 백목연이 향수 가게 안에서 맡았던 것 같기도 한 달달하면서도 끝은 시원한 향이 났다.

"강서하, 너 이 향수 가게 와 본 적 있어? 안에서 맡아봤던 거랑 되게 익숙한 향이 나는데."

"아, 이거? 최근에 향수 선물 받았거든. 되게 좋지 않아?"

"그런 것 같네. 잘 어울려."

백목연과 강서하는 선선한 바람이 부는 거리를 함께 걸으며 이야기를 나눴다.

"근데 오늘, 이 향수는 왜 산 거야? 어차피 선물도 못하고 혼자서 간직하고 있을 거면서."

"그냥 집을 나서는데 차가운 공기가 느껴지는 게 너무 좋았나 봐 오랜만에 걔 생각도 났고."

"정수빈 말하는 거지? 하긴 네 첫사랑이었잖아."

"근데 이제 만날 일도 없으니까 잊어야겠지……."

"있잖아, 내 여자친구가 예전에 첫사랑은 첫사랑으로 두는 게 아름답다고 말한 적이 있었어. 이유를 물어보니까 글쎄 추억에 흠이 가지 않기 위해서라고 했나."

"맞는 말이네. 아쉬움이 남지만 그래서 첫사랑인 거지."

"아쉬움은 있지만, 후회는 안 하잖아. 그럼 된 거야.""그렇네. 뭔가 너 오늘 느낌이 다른 것 같아 뭔가 더 어른스러운 기분……."

"그게 뭐야. 버스 곧 도착하겠다. 나 이제 얼른 집으로 가야해. 여자친구가 기다리고 있거든."

"알았어. 근데 너의 여자친구는 언제쯤 알게 될까. 소꿉친구인 나한테까지 비밀인 건가."

"……결혼까지 하게 된다면 생각해 볼게."

'첫사랑을 추억이라 부르는 법' 후기 ————

십 대로서 무엇을 가장 잘 표현할 수 있을까 생각하다 학창 시절 이야기라면 빠질 수 없는 첫사랑이라는 소재가 생각나 글을 처음 구상하기 시작했고 그 안에서도 이루어지지 않기에 추억이라고 말할 수 있다는 것을 주제로 잡으며 글을 이어 나갔습니다.

글에 관한 이야기를 좀 하자면 우선 본편 글의 제목은 정수빈의 시점이고 에필로그의 제목은 '백목연'의 시점에서의 표현입니다. 비슷해 보이는 제목이지만 작은 차이에 집중하며 읽으면 좋겠다고 느껴 이렇게 지었습니다. 첫사랑을 추억이라 부르는 법은 이루어지지 않기에 아름다운 것이라는 모순적일지도 모르는 의미가 있으나 첫사랑을 추억하는 법은 에필로그의 내용 그대로 백목연이 향수를 사서 정수빈을 떠올리는 것입니다. 또 에필로그에서는 정수빈이 백목연을 생각하며 산 향수가 '강서하'에게 간 것을 알 수 있습니다. 그 말인즉슨 강서하는 백목연과 달리 정수빈에게 확신을 주는 상대였다는 것이며 그들은 현재진행형으로 잘 사귀고 있다는 뜻입니다.

정수빈의 첫사랑은 백목연이지만 결국 이루어지지 않고 강서하와 이루어진다는 내용은 처음 글을 구상할 때부터 생각하고 있던 내용이라

이 사실을 본편의 글에서부터 암시하고 있었는데 이 점을 추리해 보며 다시 읽어본다면 재밌을 것 같습니다.

마지막으로 '기억을 담은 향수'라는 책을 읽으신 모두에게 향으로 자신 혹은 누군가에게 마음을 표현하는 건 어떨까 싶습니다.

향은 때로는 말보다 더 큰 힘을 가질 때가 있다고 생각합니다!